Svea Lundberg

F***ing real – Beyond comparison

Die große CC Cocks-Poolparty

Impressum

http://www.deadsoft.de

Covergestaltung:
Irene Repp/www.daylinart.webnode.com
Bildrechte:
© Oleh Phoenix / shutterstock.com

1. Auflage
ISBN 978-3-96089-390-5

Inhalt

Wie jedes Jahr ist das große BBQ mit anschließender Poolparty des Labels CC Cocks eines der Jahreshighlights der Erwachsenenfilmbranche. Neben den CC Cocks-Jungs werden auch weitere Sternchen der Branche und einige ausgesuchte Pressevertreter zu diesem Event erwartet. Kein Wunder also, dass sich bereits Tage zuvor Vorfreude und Nervosität bei den Darstellern des Labels vermischen.
Besonders Rizzo kann die Poolparty kaum erwarten, wird er dort nach Wochen der Trennung endlich Liam und Keith wiedersehen. Die Freude dürfte doppelt groß werden, denn Keith plant eine Überraschung für seine beiden Jungs.
Jay hingegen hat wenig Zeit, sich auf die bevorstehende Party zu freuen. Ein Kurztrip mit Dales Tochter Kaitlyn fordert all seine Aufmerksamkeit und noch dazu wird er das Gefühl nicht los, dass Dale irgendein Geheimnis mit sich herumträgt.

*Anmerkung: Bei dieser Novelle handelt es sich um eine Fortsetzungsgeschichte zu den beiden Romanen »F***ing real – Beyond all doubt« und »F***ing real – Beyond reproach«.*

1. Teil – More than just a part-time dad

~~~ Jayson ~~~

Während ich Mary in eine Umarmung zog, nahm sie mir zum bestimmt fünften Mal an diesem Tag das Versprechen ab, gut auf ihre Kaity aufzupassen. Mit einem innerlichen Augenverdrehen drückte ich Mary an mich. Jesus, natürlich würde ich mit allem, was ich hatte, auf Kaitlyn Acht geben. Allein schon, weil ich vorhatte, mit Dale noch so einige glückliche Jahre zu verbringen, und wusste, dass er mir eigenhändig den Hals umdrehen würde, sollte ich zulassen, dass seinem Sonnenschein irgendetwas zustieß.

»Ich schwöre hoch und heilig, dass ich mir eher für den Rest meines Lebens einen Keuschheitsgürtel anlegen lassen würde, als Kaity auch nur eine Sekunde …«

»Jay!« Gespielt empört knuffte Mary mir gegen den Arm und schob mich von sich. Ein Blick in ihre angespannte Miene zeigte, dass sie wirklich innerlich mit sich kämpfte. Oder aber gerade betete, Kaitlyn möge nicht prompt fragen, was genau ein Keuschheitsgürtel war.

Forschend sah ich mich nach Kaitlyn um und stellte dabei fest, dass Mary sich wenigstens dahingehend keine Sorgen machen musste. Kaitlyn hatte nur Augen und Ohren für das rege Treiben in der Flughafenhalle. Es war nicht das erste Mal, dass sie ein Flugzeug betreten würde. Vor einigen Monaten hatte Dale darauf bestanden, seinen finanziellen Teil dazu beizutragen, dass Andi und Mary mit Kaitlyn nach Miami fliegen konnten. Aber dennoch war so ein Flughafen und alles, was dazugehörte, mehr als
~~~

spannend. Ich hätte sogar schwören können, hätte ich Kaitlyn jetzt geschnappt und in Richtung Sicherheitskontrolle gezogen, wäre sie mit mir gekommen, ohne sich auch nur ein einziges Mal nach ihrer Mom umzusehen. Selbstverständlich würde Mary das nicht zulassen.

Fest zog sie ihre Tochter in die Arme, ungeachtet des von Kaitlyn gemurmelten »oh, Mom, voll peinlich«. An den beiden vorbei tauschten Andi und ich einen vielsagenden Blick. Wenn ich es mir recht überlegte, schien Kaitlyn früh damit dran zu sein, Liebesbekundungen der eigenen Mutter in der Öffentlichkeit *›voll peinlich‹* zu finden. Aber als Tochter eines Ex-Pornostars musste man wohl ein wenig frühreif in mancher Hinsicht sein …

Rasch wandte ich mich halb ab, damit Mary mein Grinsen nicht sah. Ich war mir nicht sicher, ob sie Andi inzwischen darüber in Kenntnis gesetzt hatte, womit Dale einige Jahre sein Geld verdient hatte – oder darüber, womit ich es noch immer tat. Wenn Andi es wusste, störte es ihn entweder tatsächlich nicht oder er klammerte die Gedanken daran gekonnt aus. Und mit Kaitlyn wiederum hatten bislang weder Mary noch Dale bezüglich dieses Themas gesprochen. Mit sechseinhalb Jahren war es aber wohl auch einfach noch zu früh dafür.

So oder so, ich rechnete es Mary und auch Andi hoch an, dass sie nach einiger Bedenkzeit zugestimmt hatten, dass ich mit Kaitlyn zu Dale nach New York fliegen durfte. Kaity hatte es sich so lange gewünscht, ihren Daddy dort zu besuchen und da ich ohnehin alle paar Wochen zu Dale flog, bot es sich an, seine Kleine endlich mal mitzunehmen. Dennoch hätte ich es verstanden, hätte

Mary ihr Einverständnis nicht gegeben. Zumal angedacht war, dass Kaity in einigen Tagen allein wieder zurückfliegen würde – selbstverständlich in ständiger Begleitung einer Airline-Mitarbeiterin.

Als hätten Mary und ich in diesem Moment ganz ähnliche Gedanken geteilt, kniete sie sich vor ihrer Tochter hin und nahm sacht deren Gesicht in ihre Hände. »Du versprichst mir, dass du es Dale und Jay sagst, wenn du dich nicht traust, allein zurückzufliegen.«

»Ich hab keine Angst, Mom«, erklärte Kaitlyn mit stolz geschwellter Brust und rückte energisch ihren getigerten Rucksack zurecht.

»Aber wenn doch …«

»… werde ich mitfliegen, versprochen«, beendete ich Marys Einwand und erntete dafür ein halb erleichtertes und halb entschuldigendes Lächeln von ihr. Als könnte ich es ihr verübeln, dass sie sich um ihre Tochter sorgte.

»Ihr müsst jetzt wirklich …« Mit sanfter Gewalt zog Andi seine Freundin ein beiseite, indem er sie von hinten umarmte. »Hab viel Spaß, du kleine Hexe. Tanz Dale und Jay nicht auf der Nase herum.«

»Würde ich nie tun!« Man hätte ihrem zuckersüßen Augenaufschlag beinahe glauben können.

»Na dann komm!« Ich nickte in Richtung der Sicherheitskontrolle, Kaitlyn winkte ihrer Mom und Andi noch einmal zu und verteilte überschwänglich Luftküsschen, ehe sie an meine Seite hopste. Hinter uns ertönte Marys leises Schniefen, aber Kaity schien in diesem Moment wieder viel zu geflutet von Aufregung und Vorfreude zu sein, als dass der Abschiedsschmerz an ihr hätte nagen können. Blieb abzuwarten, wie sich die folgenden Nächte in New York gestalten würden. Dann hatte sie zwar ihren Dad bei sich, aber sie hatte nie zuvor mehrere Tage allein mit Dale und mir verbracht. Bis auf die beiden Nächte, die sie bei uns in meiner Wohnung in Los Angeles übernachtet hatte.

Aus dem Augenwinkel behielt ich Kaitlyn stets im Blick, überlegte ernsthaft, ob ich doch nach dem langen Plüschschwanz greifen sollte, der an ihrem Rucksack baumelte. Insgeheim machte ich mich ja immer über Eltern lustig, die ihre Kinder an diesen Vorrichtungen wie an der Leine durch die Straßen L.A.s führten. Aber zugegebenermaßen, in dem Trubel am Flughafen wäre es nicht die schlechteste Idee.

Ehe ich mich jedoch entscheiden konnte, ob ich Kaity *›anleinen‹* wollte oder nicht, tastete sie nach mir und schob ihre kleine Hand in meine. Von oben grinste ich sie vielsagend an. »Ist das nicht ein bisschen peinlich?«

»Nee«, erklärte sie mit todernster Miene, »mit dir nicht.«

»Ah und warum nicht?«

»Weil du cool bist.« *Das* erschien mir eine hinreichende Begründung zu sein. Ob sie freiwillig mit Dale Händchen hielt? Wenn nein, würde ich mich sicher genötigt fühlen, ihm das bei passender Gelegenheit unter die Nase zu reiben.

Bei dem Gedanken an Dale begann mein Herz ein wenig schneller zu schlagen und die Vorfreude, die Kaitlyn mit jedem hopsenden Schritt neben mir versprühte, griff spätestens jetzt auch auf mich über. Scheiße, was hatte ich meinen Kerl in den letzten Wochen vermisst!

~*~*~*~

Wie sehr Dale mir tatsächlich gefehlt hatte und wie gut es jedes Mal tat, wieder bei ihm zu sein, zeigte sich rund fünfeinhalb Stunden Flugzeit und eine weitere Stunde Kofferchaos später. Neben mir quietschte Kaitlyn, ließ ohne Vorwarnung ihren kleinen Rollkoffer umkippen, den sie ja partout selbst hatte ziehen wollen, und stürmte an einer Gruppe von drei Pärchen vorbei. Zwischen den fremden Menschen hindurch traf Dales Blick kurz den meinen. Das angedeutete Lächeln auf seinem Gesicht beschwor binnen eines Herzschlags das bekannte, warme Gefühl in meinem Bauch herauf, das sich in all meine Nervenbahnen auszubreiten schien. Im nächsten Moment riss unser Blickkontakt ab, Dale breitete die Arme aus und Kaitlyn sprang ihm regelrecht entgegen, wurde sicher von ihm gefangen.

Sicher in Dales Armen …

In meinem Brustkorb puckerte es dumpf und zufrieden. Mit einem kleinen Seufzen angelte ich umständlich nach dem umgekippten Koffer und bugsierte unser Gepäck weiter durch die Menschenmenge hindurch.

Kaitlyns Gesicht tauchte neben mir auf – freudestrahlend. Sie nahm mir ihren Koffer aus der Hand. Aus dem Augenwinkel erhaschte ich noch ihr breites Grinsen mit der Zahnlücke rechts, ehe ich mich in starke Arme gezogen fühlte.

Sofort hüllte Dale mich ein. In seine Wärme, seinen Geruch … seine Liebe. Jesus, wie kitschig war das denn?

Mit einem rauen Laut in der Kehle lehnte ich mich an ihn, genoss die kleinen Schauer, die über meine Haut krochen, als er einen Kuss auf meine Schläfe drückte, seine Lippen mein Ohr kitzelten.

»Hey, Baby … du hast keine Ahnung, wie ich dich vermisst hab.«

Kurz erlaubte ich es mir, mein Gesicht an seiner Halsbeuge zu vergraben, tief seine Nähe in mich einzusaugen, ehe ich mich schweren Herzens, aber dennoch entschieden von ihm losmachte.

»Weiß ich, glaub mir«, murmelte ich ihm zu. Ich sah noch sein weiches Lächeln, das Glitzern in seinen hellen Augen, ehe er sich seiner Tochter zuwandte.

»Na, wie war der Flug? Hattest du Spaß?« Bei der zweiten Frage schielte er zu mir, als befürchte er, Kaitlyn habe mich den gesamten Flug über genervt. Hatte sie jedoch nicht.

»Es war total cool, Daddy! Wir haben Snacks bekommen. Käsewürfel und Kekse. Und wir haben einen Film gekuckt. Und Wolkenfetzen gezählt. Und Jay hat mir gezeigt …«

Ich grinste in mich hinein und drückte Dale meinen Koffer in die Hand. Nahm meinerseits den Kaitlyns, den sie vor lauter Geplapper mal wieder hatte stehen lassen. Hinter den beiden her tappte ich durch die Flughafenhalle und genehmigte mir – hoffentlich ungesehen von Dale – ein Gähnen. Kaitlyn hatte mich tatsächlich nicht genervt, ich hatte es geliebt, sie bei mir zu haben und mich dabei ein wenig wie ein ziemlich cooler großer Bruder gefühlt. Oder wie ein noch coolerer Onkel. Aber zugegeben, stundenlang allein auf eine aufgekratzte Sechsjährige aufzupassen, war irgendwie auch anstrengender als ich gedacht hatte.

~*~*~*~

Auf der Fahrt vom JFK zu Dales Appartement in Manhattan schienen die Anstrengungen des Tages dann auch bei Kaitlyn Wirkung zu zeigen. Regelmäßige Blicke nach hinten auf die Rückbank offenbarten, dass sie immer wieder wegnickte. Nur um gleich darauf hochzuschrecken und mit mühsam offen gehaltenen Augen aus dem Autofenster zu schauen, um ja nichts von New York zu verpassen. Auch ich lehnte irgendwann erschöpft meinen Kopf gegen die Nackenstütze und schob meine Hand über Dales, die auf meinem Oberschenkel ruhte. Seine Finger durch den Stoff meiner Jogginghose hindurch zu spüren, entfachte ein Kribbeln und gleichzeitig träge machende Wärme. Schon faszinierend, dass Dales Berührungen immer diese Mischung aus unterschwellig brodelnder Erregung und zufriedener Gelassenheit in mir weckten – auch nach zwei Jahren noch.

Zugegeben, zwei Jahre waren keine überwältigend lange Zeit für eine Beziehung, und als Dale und ich damals beschlossen hatten, dem, was zwischen uns war, diesen festen Stempel aufzudrücken, hatte ich gehofft und auch daran geglaubt, dass wir es eine ganze Weile miteinander aushalten würden. Inzwischen jedoch dachte ich nicht mehr in Maßeinheiten wie *›eine ganze Weile‹*. Auch nicht in

Jahren. Sondern in verdammt vielen Jahren. Vielleicht sogar …

»Wir sind da.«

Träge blinzelte ich gegen die aufflammenden Lichter der Tiefgarage. Keine zwei Sekunden später rumpelte der Wagen über die beiden Bodenwellen an der Einfahrt, was letztlich auch Kaitlyn aufschrecken ließ. Sichtbar müde, aber gleichsam voller Neugier richtete sie sich auf ihrem Kindersitz auf und spähte aus dem Fenster.

»Das sind aber coole Autos.«

Es war selbstverständlich nicht das erste Mal, dass ich mich in dieser Garage befand, dennoch ließ ich bei Kaitlyns Worten den Blick schweifen. Die meisten Appartements in der mehrstöckigen Wohnanlage waren nicht besonders groß, aber aufgrund der exponierten Lage im Herzen Manhattans schweineteuer. Kein Wunder also, dass die Mieter und Eigentümer auch dementsprechende Karossen fuhren. Dagegen wirkte Dales Hyundai beinahe wie eine Schrottkarre. Wenn man jedoch bedachte, dass er das Auto ohnehin nur benutzte, wenn er weitere Strecken wie die zum JFK zurücklegen oder große Einkäufe tätigen musste, war es letztlich auch gleichgültig, was für einen Wagen er fuhr. Zudem fraßen die Kosten für die Wohnung und sein Fotostudio weiß Gott genug Geld. Hinzukamen die Flüge, die wir abwechselnd bezahlten, um uns zu sehen, und der Unterhalt, den er an Mary zahlte. Dales Selbstständigkeit lief mittlerweile richtig gut, dennoch musste er bei all den Kosten stets sorgsam kalkulieren.

»Seit wann interessierst du dich denn für coole Autos?«, hakte Dale an seine Tochter gewandt nach, ehe er ausstieg, um die hintere Tür zu öffnen. Ich kletterte ebenfalls aus dem Wagen. Durch den geöffneten Kofferraum hindurch bekam ich am Rande den Wortwechsel der beiden mit. Anscheinend hatte Andi Kaitlyn mit zu irgendeinem Oldtimer-Event genommen und damit bislang unentdeckte Leidenschaften in Kaity geweckt. Ich war mir jedoch ziemlich sicher, dass sie sich in den nächsten Tagen wieder primär für Ponys interessieren würde. Wobei ich es ja eigentlich gut fand, wenn Mädchen nicht nur mit *Mädchenkram* aufwuchsen. Ich selbst hatte als Kind auch genauso gerne mit Puppen wie mit Traktoren gespielt.

Dale nahm mir Kaitlyns Koffer ab und drückte mir im Vorbeigehen einen Kuss auf die Wange, der diese Wärme ausstrahlte, die ich mittlerweile so an unserem Zusammensein liebte. Wenn Dale und ich gemeinsam Zeit verbrachten, fühlte es sich keineswegs nach Routine oder gar langweilig werdendem Trott an. Dennoch gab es da diese kleinen Rituale, die dank ihrer steten Wiederkehr Sicherheit vermittelten.

»Kommst du?«

Rasch wandte ich mich vom Auto ab und folgte Dale und Kaitlyn hinein in den Hausflur und zum Lift, der uns in wenigen Sekunden in die sechste Etage und direkt vor Dales Wohnungstür brachte.

Ich hatte kaum einen Fuß in das Appartement gesetzt, als mir bereits eine grundlegende Veränderung auffiel: Dale hatte die Aktfotografien, die normalerweise die Wände im Eingangsbereich und Wohnraum zierten, abgenommen. Einerseits umsichtig im Hinblick auf seine sechsjährige Tochter, andererseits flammte nicht zum ersten Mal der Gedanke in mir auf, dass er vielleicht doch manchmal zu viel von Kaitlyn fernhielt. Natürlich sollte er ihr als Zeitvertreib keinen Porno in den Blu-ray-Player schieben, aber ich fand grundsätzlich nichts verkehrt daran, ein Kind auf subtil-alltägliche Weise mit Dingen wie Nacktheit oder Körperlichkeit zu konfrontieren. Gerade in einer Welt, in der Körperkult und Sex gewissermaßen allgegenwärtig waren. Spätestens wenn Kaitlyn im Spätsommer in die Schule kam, würde sie so oder so mit derlei Dingen in Berührung kommen, und wenn es nur durch unbedarfte Sprüche anderer Kinder war.

Seufzend stellte ich meinen Koffer im Eingangsbereich ab und trat mir die Schuhe von den Füßen. Registrierte dabei zum wiederholten Mal, wie müde ich war. Heute Abend würde ich definitiv keine Erziehungsfragen mehr mit meinem Freund erörtern.

Ein Blick auf die große Wanduhr über dem Sofa zeigte, dass es kurz vor neun war. Eigentlich längst Schlafenszeit für Kaitlyn, aber die Kleine sollte wohl noch etwas Anständiges in den Magen bekommen.

»Magst du noch 'ne Kleinigkeit essen?«, fragte Dale auch prompt. Unsere Blicke gingen unisono zu Kaitlyn, die bereits auf dem Sofa lümmelte. Sie nickte, wenn auch mit einem Gähnen.

»Soll ich dir was helfen?«

»Nein.« Ein kurzer Kuss auf meine Lippen, ehe Dale sich in Richtung Kochnische wandte. »Hab schon was vorbereitet.«

»Was denn?«, krähte Kaitlyn vom Sofa her.

»Überbackene Tortellini.«

»Jaaa!«

Grinsend ließ ich mich neben die Kleine aufs Sofa fallen. Wenn Dale nicht der beste Papa und der beste Freund in einem war, dann wusste ich auch nicht.

~~~ Dale ~~~

Auf dem Weg vom Badezimmer hinüber zu der schmalen Wendeltreppe, welche zu meinem Schlafbereich auf der Empore hinaufführte, legte ich im Halbdunkel noch mal einen Abstecher zu Kaitlyns Lager ein. Aus einer Decke, die ich quer über das Eckteil des Sofas gespannt hatte, und allerlei großer Kissen hatten Jay und ich ihr eine regelrechte Höhle gebaut. Eigentlich hatte ich gedacht, Kaitlyn würde bei Jay und mir auf der Empore schlafen, aber die Matratze, die ich dort neben mein Bett gelegt hatte, war von ihr entschieden abgelehnt worden. Ebenso wie Jays Vorschlag, dass er auf der Matratze nächtigte und sie den freien Platz im Doppelbett bekam. Ein Angebot, welches ich aus Jays Mund sehr schätzte.

Kaitlyn allerdings hatte darauf bestanden, wieder eine Bärenhöhle zu bekommen. Bei meinem letzten Besuch bei ihr in San Francisco hatten wir eine solche Höhle an einem regnerischen Nachmittag zum Spaß gebaut. Wir hatten uns gemeinsam hineingekuschelt und ich hatte ihr stundenlang vorgelesen, während sie zwei große Tassen heiße Schokolade vernichtete.

Vorsichtig spähte ich unter das provisorische Höhlendach und fand meine Tochter friedlich und tief schlummernd, ihre Plüschrobbe im Arm, die Andi ihr bei einem Ausflug zu den Seelöwen am Pier 39 geschenkt hatte.

Einen langen Moment betrachtete ich Kaity, erlaubte es mir, mich ein wenig in dem Anblick, wie sie da schlafend zwischen den dicken Kissen lag, zu verlieren. Ich sah es
~~~

einfach zu selten. Kurzum: Ich sah meine Tochter zu selten.

Ich wusste, dass sie es bei Mary und Andi verdammt gut hatte und mittlerweile war sogar der feine Stich verschwunden, den ich zeitweise verspürt hatte, als ich mitbekommen hatte, dass Kaitlyn mich nach wie vor *Daddy* und Andi inzwischen *Dad* nannte. Kaitlyn war glücklich in ihrer Familie in San Francisco und das wiederum machte mich glücklich. Dennoch nagte die räumliche Distanz, die allzu oft zwischen uns lag, zunehmend an mir. Je öfter ich Kaitlyn besuchte, desto heftiger. Und Kaity war nicht die Einzige, die mir fehlte, wenn sie nicht um mich herum war.

Mit einem lautlosen Seufzen richtete ich mich auf und zog die blickdichten Vorhänge an der Balkonfront noch ein Stück weiter zu, ehe ich mich im Dunkeln am Sofa vorbei in Richtung Wendeltreppe tastete. Von der Empore fiel lediglich ein fahler Lichtschein herab, der von der abgedunkelten Stehleuchte neben meinem Bett herrührte. Kaum auf der Empore angelangt, glitt mein Blick zum Bett – und zu dem Kerl darin.

Jay lag halb auf dem Bauch – seine liebste Schlafposition –, die Decke nur knapp bis zum unteren Rücken hochgezogen. Er bewegte sich nicht, nur sein Brustkorb hob und senkte sich unter regelmäßigen Atemzügen. Eingehend ließ ich meinen Blick über seinen Rücken gleiten. Im matten Licht der Stehlampe sah es so aus, als kauerte sich die Schlange zwischen den Dornenranken zusammen, als verharrte sie dort, wartend auf den passenden

Moment, hervorzuschnellen und ihre Giftzähne in ihrem Opfer zu versenken.

Ich konnte das Lächeln spüren, das bei diesem Gedanken an meinen Mundwinkeln ziepte. Wie oft schon war ich das Opfer gewesen, gefangen genommen von der Intensität, mit der Jay mich ansah, mich küsste, streichelte und fickte. Sich mir hingab, sich nehmen ließ und einfach bei mir war. So oft. Und doch viel zu selten.

Betont langsam stieß ich die Luft durch die Nase aus, während ich mir meine Klamotten vom Körper streifte. Alle. Daran, ob Jay nackt schlief oder nicht, musste ich keinen Gedanken verschwenden.

Ehe ich zu ihm ins Bett schlüpfte, warf ich noch mal einen Blick von der Empore herab. Kein Mucks drang aus der improvisierten Höhle hervor. Offenbar schlief die kleine Bärin tief und fest. Und wenn sie doch aufwachen sollte, wusste sie ja, wo ich war, und brauchte nur zu rufen.

Rasch knipste ich die Stehlampe aus und wühlte mich unter die Decke, rutschte näher an Jay heran. Er regte sich leicht vor mir, glitt regelrecht in meine Arme, als ich die meinen von hinten um ihn schloss, einen Fuß zwischen seine Waden schob. Offenbar war er doch noch nicht ganz weggetreten gewesen.

»Schläft Kaity?«, fragte er flüsternd und stieß gleich darauf einen wohligen Laut aus, als ich mich noch ein Stückchen näher an ihn drängte, meine Nase in seinem Haar vergrub.

»Mhm, hab eben noch mal nach ihr gesehen. Sie ist echt platt vom Flug.«

Jay brummelte etwas Unverständliches, schob eine Hand über die meine, die auf seiner Brust ruhte, und bewegte sein Bein so, dass sein Oberschenkel unmissverständlich gegen meinen halbsteifen Schwanz drückte. Wie jedes Mal, wenn ich Jays nackte Haut am ganzen Körper spürte, blieb diese gewisse Regung nicht aus. Dieser Kerl war mein verdammtes, persönliches Aphrodisiakum, von dem ich nie genug bekommen würde. Oder wenigstens hoffte ich, dass es so war. Dass es so bleiben würde, auch wenn …

»Nicht nur sie.«

»Hmm?«

»Nicht nur Kaity ist platt«, wiederholte er leise, drehte seinen Kopf leicht, sodass meine Nase seine Schläfe traf. Gleich darauf drückte ich Küsse auf seine Kieferlinie.

»Armer Jay«, neckte ich ihn liebevoll, streifte mit den Zähnen vor zu seinem Kinn, »ist ein Kind doch zu viel für dich?«

Schnaubend empfing er meine Lippen mit seinen. »Bullshit«, nuschelte er dagegen, reizte mich mit seiner Zungenspitze, jedoch ohne die meine in seinen Mund zu lassen. Kleiner Teufel! Mr. Jayson Ward wusste einfach zu gut, wie er mich heiß auf sich machen konnte.

»Wenn besagtes Kind nicht da unten in seiner Sofahöhle liegen würde«, wisperte er weiter, saugte einmal kurz an meiner Unterlippe und jagte mir damit, und indem er seinen nackten Arsch gegen meinen Ständer rieb, tausend Schauer über die Haut, »würde ich mich hier und jetzt auf deinen geilen Schwanz setzen und dich reiten, bis du meinen Namen schreist.«

Ziehende Hitze schien durch meine Lenden zu schießen, im selben Moment, in dem ein prustendes Lachen meinen Mund verließ, welches ich an Jays Hals erstickte. »Baby …«, flüsterte ich gegen seine Haut, neckte sie mit der Zungenspitze und spürte nun wiederum die Schauer, die über seinen Körper krochen, »immer diese Pornosprüche. Ich hab einen Vorschlag zur Güte: Lass uns ganz leise und ganz zärtlich ein bisschen rummachen. Vielleicht lass ich dich sogar kommen. Aber nur, wenn du dabei auch wirklich die Klappe hältst.«

Ebenfalls lachend drehte Jay sich in meinen Armen, bis wir uns gegenüberlagen, wieder ganz nah beieinander. Die Fingerspitzen ließ er über meinen Penis tanzen. In mir drinnen loderte es, im selben Moment fühlte ich mich ruhig und zufrieden. Und ich hätte schwören können, dass es Jay gerade genauso ging. Mehr noch, als er seine Lippen auf meine drückte. Zwar sehnsüchtig, aber nicht stürmisch, nicht einmal fordernd.

»Was ist?«, wisperte ich ihm zu, rieb meine Nasenspitze an der seinen. »Deal?«

An meinen Lippen spürte ich sein Lächeln. Und ich brauchte ganz sicher kein Licht in diesem Moment, um zu wissen, dass es dieses kleine, immer leicht spöttische Jayson-Lächeln war, für welches ich ihn damals in Göteborg so oft verflucht hatte – kurz bevor ich mich in es verliebt hatte. In *ihn*.

»Unter einer Bedingung«, setzte er an, doch ich brachte ihn mit einem weiteren kurzen Kuss zum Schweigen. Einen oder zwei Atemzüge lang lauschte ich in die Stille der Wohnung hinein. Nichts. Kein Geräusch von unten.

»Lass mich raten«, flüsterte ich ihm zu, während ich eine Hand zwischen uns schob, »sobald wir wieder ganz allein sind, wirst du keine Ruhe geben, bis ich wirklich vor Geilheit deinen Namen schreie.«

Im Dunkel bildete ich mir ein, das Blitzen in seinen Augen sehen zu können.

~*~*~*~

»Brauchst du Hilfe, Schatz?«, rief ich in Richtung des Vorhangs, welcher die provisorische Umkleide vom Rest des Fotostudios abtrennte und fügte gleich darauf leiser und an Jay gewandt hinzu: »Gibst du mir das Objektiv da drüben?«

»Nahaaain, ich kann das!«, schallte Kaitlyns Stimme hinter dem Vorhang hervor, im selben Moment, in dem Jay nachhakte: »Welches? Da liegen zwei.«

»Oh, sorry, das 85er.« Keine zwei Sekunden später nahm ich das gewünschte Objektiv entgegen. Während ich es an der Kamera anbrachte, grinste ich Jay von der Seite an. »Machst dich gut als Assistent.«

»Ich weiß.« Mit vielsagendem Blick lehnte er sich rücklings gegen den Tisch. »Aber glaub ja nicht, dass ich dir Kaffee koche.«

Lachend ließ ich von meiner Kamera ab, die sicher auf dem Stativ stand, und wandte mich nach einem prüfenden Blick in Richtung Umkleide vollends meinem Freund zu. »So was würde ich nie von einem Assistenten verlangen, aber vielleicht …«, ich überbrückte den Abstand zwischen uns, neigte mich leicht herab, sodass ich direkt in sein Ohr raunen konnte, »ein heißer Blowjob hinten im Pausenraum.«

Aus dem Augenwinkel gewahrte ich das Zucken um Jays Mundwinkel. »Was du so alles mit mir vorhast … Aber sicher nicht, solange Kaity noch bei uns ist.«

Ganz kurz flackerten Bilder vor meinem inneren Auge auf. Bilder davon, wie Jay und ich es schon diverse Male in meinem Fotostudio miteinander gemacht hatten. Bei heruntergelassenen Jalousien selbstverständlich, denn auch wenn es uns beiden unbestreitbar einen Kick verpasste, Zuschauer beim Sex zu haben, hatte ich doch nicht vor, meinem Studio auf diese Art zu fragwürdiger Publicity zu verhelfen.

Im nächsten Moment jedoch wurden die Gedanken verdrängt von einem zutiefst warmen Gefühl, das mich durchrieselte, als Jay *›bei uns‹* sagte. Einfach weil es sich anhörte, als sei das hier *unser* Studio. *Unser* gemeinsames Projekt. Was es gewissermaßen auch war, wenn man bedachte, wie viel Geld und auch Arbeit Jay zu Anfang hier hinein investiert hatte. Ohne ihn und seine Unterstützung hätte ich es vor rund eineinhalb Jahren nicht gewagt, die Räumlichkeiten anzumieten und hier mein erstes eigenes Fotostudio zu eröffnen. Meinen Traum tatsächlich in Angriff zu nehmen.

Inzwischen lief der Laden. Richtig gut sogar – und dennoch zog ich es ernsthaft in Betracht …

»Schau mal, Daddy!«

Rasch wich ich einen halben Schritt von Jay zurück und drehte mich zu Kaitlyn um.

Zuckerschock!

Selbstverständlich wusste ich, dass meine und Marys Gene gemeinsam für eine außerordentlich hübsche Tochter gesorgt hatten. Und selbstverständlich liebte ich mein Kind auch, wenn es in zerrissenen Hosen herumrannte und Dreck im Gesicht hatte. Jetzt gerade, in diesem Prinzessinnenkleidchen aus Tüll und Spitze, die Wangen vor Aufregung glühend und strahlend bis über beide Ohren, sah Kaitlyn einfach nur zum Herzen aus.

»Wow, du siehst toll aus! Wie eine richtige Prinzessin!« Offensichtlich hatte Jay sich schneller wieder im Griff als ich und offensichtlich hatte er genau das ausgesprochen, was meine Tochter in diesem Moment hören wollte. Ich hätte es ja kaum für möglich gehalten, doch ihr Strahlen wurde tatsächlich noch eine Spur breiter.

»Machst du mir die Haare?«

»Na klar.« Mit einem Zwinkern in meine Richtung stieß Jay sich von der Tischplatte ab und streckte eine Hand nach Kaitlyn aus, die sie auch sofort ergriff. »Ich mach dir eine richtig tolle Prinzessinnenfrisur, ja? Ich hab sogar ein Diadem für dich.«

»Ein was?«

»Einen Haarreif. In Silber und mit Glitzer. So wie eine Krone.«

»Jaaa! Darf ich auch ein bisschen Lippenstift?«

»Na gut.«

Kopfschüttelnd sah ich den beiden hinterher, wie sie gemeinsam im Nebenraum verschwanden. Kaitlyn hatte mir schon seit Wochen in den Ohren gelegen, dass sie auch mal ein echtes Fotoshooting würde machen wollen. Was gewissermaßen Jays Schuld gewesen war, da er ihr erzählt hatte, dass seine beste Freundin Ariana als Modebloggerin ihr Geld verdiente.

»Und Glitzernagellack?«

»Okay.«

Heimlich fragte ich mich ja, ob Jay Arianas Schminkköfferchen geplündert hatte. Oder vielleicht Rizzos?

»Und Eyeliner?«

»Mmh … nee.«

»Pfff!«

»Nicht schmollen, Prinzessin, Eyeliner ist was für alte Schachteln. Ich kann dir ein bisschen Rouge auf die Wangen machen.«

»Au ja!«

Mit Mühe verkniff ich mir das zu laute Lachen. Auch wenn Jay in meinen Augen großartig mit Kaitlyn umging und im Übrigen auch wirklich ein Händchen für Make-up hatte, sollte er doch definitiv nach seiner Pornokarriere nicht als Visagist oder Ähnliches arbeiten. Einfach weil er seinen Kunden und Kundinnen sicher knallhart und wenig charmant ins Gesicht sagen würde, was er von ihrem Modegeschmack oder gar ihrer Optik hielt.

~*~*~*~

Wir verbrachten den gesamten Mittag bis in den frühen Abend hinein in meinem Studio. Zunächst posierte Kaitlyn voller Begeisterung und durchaus auch mit erkennbarem Talent vor meiner Kamera, bis ihr das schließlich allein zu öde wurde. Ab dann musste Jay als Statist herhalten, was ihm aber sichtlich Spaß machte und das, obwohl die Prinzessin ihn zwischendurch auch als ihr Reitpony benutzte.

Dass Jay gut mit meiner Kleinen konnte, wusste ich ja inzwischen, dennoch rührte es mich zu sehen, mit welcher Engelsgeduld er Kaitlyns eigenwilligen Fotoideen zur Verfügung stand. Eine Gabe, die ich von meinem teilweise doch etwas aufbrausenden Freund nicht unbedingt erwartet hatte.

Erst nach rund drei Stunden und unzähligen Fotos hatte Kaitlyn dann auch genug von der Session. Während Jay ihr dabei half, Make-up und Kleid loszuwerden und wieder in ihr gelb gepunktetes Lieblingssommerkleid zu schlüpfen, sorgte ich ein wenig für Ordnung im vorderen Bereich des Studios. Ich hatte mir für die kommenden beiden Tage extra keine Kundentermine gelegt, lediglich ein einziger hatte sich nicht verschieben lassen. Jay hatte sich jedoch bereitwillig dafür ausgesprochen, sich für die paar Stunden die Zeit mit Kaitlyn im Central Park zu vertreiben. Das Wetter jedenfalls sollte mitspielen.

Als wir an diesem Abend das Studio verließen, war es noch angenehm warm und in den nächsten Tagen sollte es richtig heiß werden. Perfektes Wetter also für das Event am kommenden Wochenende in der CC Cocks-Mansion.

Bei Salat, Burgern und Chicken Wings ließen wir den Abend ausklingen, ehe wir uns auf den Weg zurück zu meinem Appartement machten. Kaitlyn schlief bereits während der nur wenige Minuten dauernden Fahrt mit der Subway auf meinem Schoß ein und auch Jay und ich unterdrückten das eine oder andere Gähnen. Keine Frage, die Tage mit Kaitlyn waren auf gewisse Weise anstrengend. Vermutlich aber nur deshalb, weil ich und vor allem auch Jay es nicht gewohnt waren, 24 Stunden meine Tochter um uns zu haben. Ich hätte jedoch keine der gemeinsamen Sekunden gegen irgendetwas auf dieser Welt eintauschen wollen. Dazu fühlte es sich zu perfekt nach kleiner, heiler Familie an.

~*~*~*~

Insgesamt fünf Tage verbrachte Kaitlyn bei mir in New York. Ein wenig wurmte es mich, dass ich ausgerechnet am vierten und damit an unserem letzten vollen Tag zu einem Kundentermin musste. Zwar wusste ich, dass meine Kleine in den paar Stunden bei Jay in guten Händen sein würde, dennoch hätte ich gerne jede einzelne Minute mit ihr ausgekostet. Umso erleichterter war ich, dass sich das Treffen mit meiner Kundin – einer jungen Frau, die stilvolle Aktfotos von sich für ihren Verlobten machen lassen wollte – nicht in die Länge zog. Rasch hatten wir alles Notwendige für das bevorstehende Shooting in der kommenden Woche besprochen, sodass ich letztlich sogar eine halbe Stunde früher als geplant den Central Park erreichte.

Eigentlich hatte ich mich vor dem Zoo mit Jay und Kaitlyn treffen wollen, aber Jay hatte mich per WhatsApp wissen lassen, dass sie noch bei den Seelöwen festhingen. Man sollte ja meinen, Kaitlyn hätte langsam genug von diesen Tieren, wenn man bedachte, wie oft sie Andi dazu überredete, mit ihr ans Pier 39 zu fahren. Doch anscheinend wirkten New Yorker Seelöwen ebenso anziehend auf meine Tochter wie die in San Francisco.

Ich brauchte eine Weile, um Jay und Kaitlyn zu finden. Im Sommer und auch noch zu Zeiten der Schulferien waren die Grünflächen des Central Gardens rund um den großen Seelöwen-Pool stets gut besucht. Schließlich entdeckte ich Kaitlyns dunkelbraunen Haarschopf mit den beiden Zöpfen, welche Jay ihr am Morgen geflochten und mit pinken Schmetterlingshaarspangen verziert hatte. Sie hockte mit zwei anderen Mädchen und einem Jungen in ihrem Alter auf einer Picknickdecke nahe des Geheges, blödelte mit dem Jungen herum, futterte Kekse und sah den Seelöwen beim Faulenzen im Wasser zu.

Ich ertappte mich dabei, wie ich meine Tochter einen langen Moment einfach nur verzückt und von Wärme erfüllt beobachtete, ehe ich mich nach Jay umsah. Ich fand ihn nur wenige Schritte von den Kids entfernt auf einer Bank sitzend, neben ihm zwei Frauen Mitte zwanzig, vielleicht auch zwei, drei Jahre älter als wir selbst. Die Drei quatschten miteinander und zumindest Jay und die Blonde behielten dabei die Kinder im Auge, während die Brünette ganz damit beschäftigt zu sein schien, meinen Kerl anzuhimmeln. Ich hätte das Szenario ja gerne noch eine Weile verfolgt, aber mittlerweile hatte Kaitlyn mich erspäht. Offensichtlich war sie doch nicht ganz so fixiert auf die Seelöwen, wie ich angenommen hatte.

»Daddy, hiiieeer!« Von der Picknickdecke aus winkte sie mir wild entgegen und auch der Junge neben ihr wedelte mit einer Hand und strahlte mich an. Ich hätte beinahe schwören mögen, dass er gerade einfach alles toll fand, wofür meine Tochter sich begeistern konnte.

»Jay sitzt da drüben.« In einer energischen Bewegung deutete Kaitlyn schräg hinter sich – wenn auch nicht wirklich dorthin, wo Jay sich tatsächlich befand. Doch so oder so, ich verstand die implizierte Aufforderung, es bei einem Winken zu belassen und keine überschwängliche *Oh-Papa-voll-peinlich-Begrüßung* durchzuziehen. Ich musste Mary bei unserem nächsten Telefonat wirklich mal fragen, wo unsere Prinzessin das herhatte. Ich hatte immer gedacht, Eltern würden erst in der Pubertät anfangen, peinlich zu werden.

Kopfschüttelnd wandte ich mich in Richtung der Parkbank und nahm aus dem Augenwinkel gerade noch wahr, wie Jay in einer charmanten, aber doch bestimmenden Geste die Hand der Brünetten von seinem Oberschenkel schob, sie für einen Moment festhielt. Ich meinte beinahe, sein erleichtertes Aufatmen sehen zu können, als er mich entdeckte. Ich gab mir alle Mühe, mein Grinsen nicht zu offensichtlich werden zu lassen, als ich auf die Drei zuging.

Irgendwie hatte ich erwartet, dass Jay aufstehen und mich zur Verdeutlichung seiner dezenten Abfuhr küssen würde. Stattdessen blieb er seelenruhig sitzen, die Hand der Frau weiterhin locker in der seinen, während sich auch auf seine Lippen ein Grinsen schlich. *Dieses* Grinsen, welches mir binnen eines Herzschlags versicherte, dass mein Freund gerade einen Heidenspaß hatte.

»Uuuh, da ist er ja!« Es hätte wohl nicht viel gefehlt und die Brünette wäre aufgesprungen. Freudestrahlend blickte sie mir entgegen. Aus dem Augenwinkel nahm ich das dezente Kopfschütteln und Augenverdrehen ihrer Freundin wahr. Oder zumindest ging ich davon aus, dass die beiden Mädels sich näher kannten.

»Hey, na ...?« Fragend sah ich Jay an, der weiterhin seelenruhig auf der Bank hockte und mir mit breitem Schmunzeln zuraunte: »Hi, Baby.«

Das von mir erwartete überraschte Luftholen blieb aus. Schön, offensichtlich hatten die beiden Mädels also schon mitbekommen, dass Jay auf Männer stand und ich der Seine war.

»Darf ich euch vorstellen: Mr. Tyler Stone, live und in Farbe.«

Jay, du kleines Miststück ...! Nun war auch bei mir der Groschen gefallen. Zwar feuerte ich einen giftigen Blick in Richtung meines Freundes ab, ließ jedoch bereitwillig zu, dass er mich zwischen sich und die Brünette zog, die mich mit »Hey, ich bin Laurie und das ist Tess« begrüßte. In Momenten wie diesen musste ich feststellen, dass ich mit meiner Pornokarriere immer entspannter und offener umging, je weiter diese hinter mir lag. Oder es eben auch nicht tat ... Dem professionellen Business hatte ich vor rund eineinhalb Jahren nach dem HustlaBall in Berlin endgültig den Rücken gekehrt. Bei dem einzelnen, kleinen Sextape, welches Jay und ich einige Wochen danach gedreht und auf seinem Onlyfans-Profil hochgeladen hatten, war es jedoch nicht geblieben. Ich selbst betrieb keinen derartigen Account, ließ mich aber in unregelmäßigen Abständen von meinem Freund dazu *›überreden‹*, mit ihm gemeinsam kürzere Filmsequenzen zu drehen. Auch wenn Tyler Stone offiziell aus dem Business ausgestiegen war, so konnte man ihm doch hin und wieder beim Vögeln mit seinem Freund zusehen. Oder mit seinem Freund und dem einen oder anderen Kerl zwischen den beiden. Wie auch immer …

Dass Laurie und vermutlich auch Tess wenigstens einen Teil dieser oder früherer Aufnahmen kannten, war offensichtlich. Es störte mich nicht und mittlerweile konnte ich auch mit dem Gedanken umgehen, dass ich, sobald Kaitlyn in die Schule kam, früher oder später mit derartigen Begegnungen konfrontiert werden würde. Blieb nur zu hoffen, dass die Eltern von Kaitlyns Mitschülern vielleicht nicht so begeistert wie Laurie, aber wenigstens neutral bis desinteressiert darauf reagieren würden. Weder Mary noch ich hatten vor, meinen Pornojob an die große Glocke zu hängen, aber wir mussten nun mal damit rechnen, dass möglicherweise Schüler, Eltern oder Lehrer Wind davon bekommen würden. Scharf darauf war ich nicht, aber Dank Jay hatte ich es mittlerweile endlich geschafft, stolz auf das zu sein, was ich bislang in meinem Leben geleistet hatte – inklusive dem Sex vor der Kamera.

»Freut mich so, dich mal kennenzulernen! Ich weiß ja, dass du ein Fotostudio hier in New York hast, aber ich hab mich bislang einfach nicht getraut vorbeizukommen. Was für ein Zufall heute … Und deine Kleine ist ja wirklich zuckersüß!«

Hatte ich bis eben gedacht, Laurie würde Jay anhimmeln, so musste ich jetzt feststellen, dass sie *mich* noch viel bestaunenswerter zu finden schien. Kurz flackerte der Gedanke in mir auf, ob ihre Begeisterung daran lag, dass sie sich – wenn auch unbewusst – bei einem bisexuellen Mann insgeheim mehr Sympathie oder gar Chancen ausrechnete als bei einem schwulen. Ich schob die Überlegung jedoch von mir. Derartiges Schubladendenken war nicht mein Ding. Mir persönlich war es gleichgültig, wie mein Gegenüber das eigene Geschlecht oder die eigene Sexualität definierte, und ich belegte weder mich selbst noch andere gerne mit Labels, ganz egal welcher Art sie auch sein mochten.

»Grundsätzlich hab ich nichts gegen Besuch im Studio, aber ich bin tatsächlich ziemlich ausgebucht und … tja, ich trenne den Fotografen und den Ex-Darsteller ganz gerne.«

»Klar, das kann ich … Oh! Oooh, nein, ich wollte keinen Groupie-Aufstand in deinem Studio abhalten oder so.«

Bei der Art, wie Laurie um ihre Stupsnase herum sichtbar errötete, tat mir mein dezenter Hinweis beinahe wieder leid. »Alles gut«, lenkte ich ein und setzte mit einem Seitenblick auf Jay hinzu: »Ich muss gestehen, ich bin nicht so fanerprobt wie mein Freund hier.«

Bei meinen Worten verdunkelte sich Lauries Wangenfarbe noch ein wenig, ihr Lächeln wurde jedoch im selben Moment breiter. »Genau das find ich ja so sympathisch. Ich meine, es ist schon ein bisschen schade, dass du so wenig auf Social Media teilst, aber es ist auch verständlich und vernünftig.«

»Zum Glück bin ich ja da und versorge die Öffentlichkeit regelmäßig mit Häppchen aus unserem Privatleben, huh?« Da Jay sein Kinn auf meiner Schulter abgelegt hatte, konnte ich seine Miene nicht sehen, hätte aber schwören mögen, dass gerade wieder dieses Funkeln in seinem Blick lag. Wie zur Untermalung seiner Worte schob er eine Hand auf meinen Oberschenkel, gefährlich nah an meinen Schritt. Die beiden Mädels lachten und ich verdrehte nur die Augen.

Tatsächlich hatte ich mittlerweile lange genug Zeit gehabt, mich an den exzessiven Social-Media-Gebrauch meines Freundes zu gewöhnen. Es störte mich nicht mehr, dass Jay gerne mal ein paar private Details von uns teilte. Ich vermutete stark, dass er auch seinen heutigen Ausflug mit Kaitlyn in seiner Instagram-Story oder auf Twitter kundgetan hatte und Laurie und Tess möglicherweise nur dadurch auf ihn aufmerksam geworden waren. Aber solange er Kaitlyns Gesicht nicht in die Kamera hielt, war es mir gleichgültig.

Noch eine gute halbe Stunde lang saßen wir mit den beiden Mädels auf der Bank, unterhielten uns ein wenig und beobachteten unsere Kids beim Spielen. Tess' Sohn schien wirklich ein wenig vernarrt in Kaitlyn zu sein. Blieb nur zu hoffen, dass das nicht bald für Tränen und Abschiedsschmerz sorgen würde. Weitere Besuche Kaitlyns in New York würde es wohl nicht geben.

Abrupt wandte ich mich Jay zu. Ich musste meine Gedanken endlich in Worte formen, aber ganz sicher nicht hier und in Gesellschaft. Ich war schon auf sein Gesicht gespannt und ein wenig fürchtete ich auch, dass er versuchen würde, mir den Kopf abzureißen. Oder auch nicht.

»Lass uns langsam nach Hause, hmm? Ich hab Kaity versprochen, dass wir heute zusammen Pizza belegen.«

~*~*~*~

Noch lange nachdem Kaitlyn eingeschlafen war, blieb ich mit ihr in der Bärenhöhle liegen. Das Buch, aus dem ich ihr vorhin vorgelesen hatte, lag zwischen uns, mit geschlossenen Augen lauschte ich ihrem ruhigen, tiefen Atem. In dem Wissen, dass es unser vorerst letzter gemeinsamer Abend war, fiel es mir schwer, mich loszureißen. Und das, obwohl ich wusste, dass Jay draußen auf dem Balkon saß und auf mich wartete.

So impulsiv und eigenwillig er auch manchmal sein konnte, so geduldig und entspannt war er, wenn es um meine Tochter ging. Und Himmel, hätte ich diesen Kerl nicht ohnehin abgöttisch geliebt, wäre es spätestens nach diesen Tagen um mich geschehen gewesen.

Noch einmal strich ich Kaity sacht durchs Haar, vergewisserte mich, dass sie gut zugedeckt war, denn trotz aufkommender Sommerhitze war es in meinem Appartement vergleichsweise kühl. Etwas umständlich krabbelte ich aus der Höhle voller Kissen und Decken hervor und löschte das gedimmte Licht im Wohnraum vollends, ehe ich leise hinaus auf den Balkon trat. Dieser war so schmal, dass Jay, in einem der Rattansessel sitzend, die Füße am Geländer abstützen konnte. Dank der noch warmen Abendtemperaturen trug er lediglich ein lockeres Tanktop und Cargoshorts. Als ich zu ihm trat, legte er sein Handy auf das kleine Tischchen, auf dem bereits eine Flasche Weißwein und zwei Gläser auf uns warteten.

»Sorry, hat etwas gedauert …« Mit den Fingerspitzen strich ich über eine seiner Waden bis hoch zum Knie, was er mit einem kurzen Zucken kommentierte. Die nächtlichen Lichter Manhattans erhellten auch den Balkon auf schillernde Weise, malten Schatten auf Jays Gesicht, sodass sein Lächeln noch eine Spur weicher wirkte, fast ganz ohne Spott. Fast …

»Kein Problem. Hab eben noch mit Rizzo geschrieben.«

»Oh, und?« Ich ließ mich neben Jay in den zweiten Sessel sinken und griff nach der Weinflasche. »Wie geht's den Dreien?«

»Gut, denke ich. Rizzo ist gerade in Tel Aviv und Liam verbringt den Großteil des Sommers daher wohl in Frisco.«

»Wer hätte das gedacht, hmm?«, murmelte ich über das Gluckern hinweg, mit dem der Wein in die Gläser floss. »Dass es zwischen den Dreien wirklich so ein ausgeglichenes Geben und Nehmen werden würde.«

Die Lichter der Stadt untermalten Jays Brauenheben und nun spielte ganz eindeutig wieder diese Nuance von Spott um seinen Mund. »Was denn? Du warst doch derjenige, der die Drei dazu ermutigt hat – oder in erster Linie Liam.«

»Schon, ja.« Ich reichte Jay sein Weinglas, starrte für einen Moment gedankenverloren in das meine. »Ich war mir immer sicher, dass die Drei glücklich werden *könnten*, wenn sie es schaffen, sich aufeinander einzulassen. Aber ich war mir nicht sicher, *dass* sie es wirklich schaffen. Um ehrlich zu sein, hatte ich schon meine Bedenken, ob Liam sich zu sehr in eine bestimmte Richtung gedrängt fühlen könnte.«

»Ach«, über sein Glas hinweg zwinkerte Jay mir zu, »der Kleine ist taffer, als wir alle anfangs dachten. Und dass er seine Sommerferien teilweise ohne Rizzo bei Keith verbringt, spricht Bände.«

»Wohl schon.« Mit dem Heben meines Glases wischte ich die Gedanken an das ungleiche und doch so perfekte Trio fort. »Auf uns, Baby. Weißt du, dass ich manchmal das Gefühl habe, inzwischen noch verrückter nach dir zu sein als am Anfang?« Und wusste er, wie sehr ich es liebte, wenn Überraschung und Rührung gemeinsam es schafften, den letzten Hauch Belustigung aus seinem Blick zu wischen?

Jay holte hörbar Luft. Und auch wenn seine Stimme kein bisschen zitterte, war doch überdeutlich, was ihm meine Worte bedeuteten. Ich war sparsam mit Bekundungen wie diesen, schon immer gewesen. Aber Jay war es verdammt noch mal wert, sämtliche Mauern herunterzufahren.

»Ich weiß. Mir geht's nicht anders. Auf uns!«

Mit einem leisen Klirren stießen wir die Gläser aneinander. Nahmen beide einen bedächtigen Schluck. Dann noch einen. Ich spürte, dass Jay mich beobachtete, auch wenn ich ihn nicht ansah, sondern den Blick über die Dächer und erleuchteten Fassaden des nächtlichen Manhattans schweifen ließ. Seine Nähe machte mich kribbelig und erdete mich im selben Moment.

»Erzählst du mir jetzt, was dir auf der Seele brennt?«

Obwohl er die Worte leise ausgesprochen hatte, trafen sie mich mit Wucht. Abrupt wandte ich den Kopf zu ihm. Fragte mich noch im selben Moment, weshalb mich seine Worte überhaupt überraschten. Jay kannte mich, wie niemand anderes es tat. Wie niemand mich je zuvor gekannt hatte. Niemand, nicht einmal meine Familie. Gerade sie nicht. Mann, Jay …

Schnaufend ließ ich mein Kinn Richtung Brust sinken, ehe ich erneut zu ihm schielte. »Ich muss wohl nicht fragen, woran und wann du bemerkt hast, dass ich um ein Gespräch mit dir herumschleiche, hmm?«

»Nein.« Er blinzelte mir zu, mit dem Mittelfinger fuhr er den Rand des Weinglases entlang – ein unauffälliges und doch für mich nicht übersehbares Zeichen seiner Anspannung. »Und ich muss wohl nicht fragen, ob ich mir sicher sein kann, dass du nicht Schluss machen willst oder so was?«

»Scheiße, nein! Nein. Viel eher … will ich …«

»Mich heiraten? Baby, ich würde glatt ja sagen.«

»Spinner!« Mit dem Fuß versetzte ich ihm einen sachten Tritt gegen sein Schienbein. »Nein. Ich meine, doch, würde ich vielleicht wirklich, aber vorher … sollten wir diese scheiß Distanz zwischen uns abschaffen.«

Jay entließ die Atemluft in einem langen Zug aus seinem Mund, ließ seinen Kopf gegen die Wand hinter sich sinken. Sah mich an. Nachdenklich. »Das Studio, huh? Du überlegst, es aufzugeben.«

So gut ich Jay mittlerweile auch kannte, in diesem Moment fiel es mir schwer, ihn zu lesen. Wohl auch, weil ich selbst von plötzlicher Unruhe befallen wurde, mich selbst sortieren musste, obwohl ich die Gedanken in den letzten Wochen so unendlich oft hin und hergewälzt hatte.

»Scheiße, Jay …«, stieß ich flüsternd hervor, »in dem Studio stecken so verdammt viel Arbeit und Geld. Auch *dein* Geld. Geld, das ich inzwischen wieder drin habe und dir zurückzahlen könnte und …«

»Oder.«

»Was?«

»Nicht und. Oder. Oder du könntest es dazu verwenden, dir woanders das aufzubauen, was du hier hast. Jesus, Dale … wenn du es in New York schaffst, schaffst du es auch anderswo. Los Angeles soll ja ein verdammt schönes Fleckchen sein.« Er sagte das mit einer solch selbstverständlichen Ruhe und gleichsam einem solchen Klingen von Hoffnung in der Stimme, dass ich nicht antworten konnte. Meine Kehle fühlte sich wie zugeschnürt an. Vor Furcht. Vor Überraschung und … Glück.

»Dann findest du … die Idee nicht vollkommen hirnrissig?«

Jay lachte. Lachte sekundenlang einfach nur, ehe er sein Glas schwungvoll auf dem Tischchen abstellte, aufstand und zu mir herüberkam. Im nächsten Moment saß er rittlings auf meinem Schoß und ich schaffte es gerade noch, meinerseits das Glas sicher aus der Gefahrenzone zu bringen.

»Natürlich finde ich die Idee hirnrissig«, murmelte Jay und vergrub die Finger in meinem Haar, ließ mich seine Nähe spüren. Überall. »Aber noch viel hirnrissiger finde ich es, dass wir diese verdammte Fernbeziehung führen. Baby … ich würde noch tausend Mal und jahrelang für dich nach New York fliegen, aber … holy fucking shit … natürlich will ich, dass du zu mir kommst! Ich hätte es schon vor zwei Jahren gewollt und ich war so verdammt kurz davor, es dir vorzuschlagen. Auch weil du in L.A. viel näher bei Kaity wärst. Aber das mit uns war so neu und so zerbrechlich und ich war mir nicht sicher, ob du …«

Ich ließ ihn nicht aussprechen. Musste ihn küssen in diesem Moment. Einfach nur küssen. Berühren. Schmecken. Diesen Kerl, mit dem sich alles einfach nur *fucking real* und *fucking amazing* anfühlte. Jeder Kuss. Jeder Blick. Sogar jeder Streit. Und die Versöhnung hinterher erst recht. Ja, es war hirnrissig, die Basis einer eben angelaufenen Selbstständigkeit einzureißen, um anderswo wieder von vorne anzufangen. Aber noch viel hirnrissiger war es, mich andauernd und immer wieder aufs Neue für Wochen von ihm trennen zu müssen. Von ihm und von Kaitlyn.

»Ich freu mich, Baby«, flüsterte er nahe an meinem Mund, sodass sein Atem warm und anheizend darüber strich. Im nächsten Moment war es seine Zungenspitze, die über meine Lippen tanzte. »Du hast keine Ahnung, wie sehr.«

»Mmh, doch, glaub mir.« Ich kam ihm entgegen, als er mich erneut küsste. Zog ihn mit meinen Händen auf seinem Arsch näher an mich und genoss es, als er sich an mich schmiegte und mich seine Sehnsucht nach mir spüren ließ. Der raue Laut aus seiner Kehle kitzelte meine Lippen, schürte meine Lust auf ihn. Würde das je aufhören?

Hoffentlich nicht!

Mit einem leisen, schmatzenden Geräusch lösten sich unsere Münder voneinander. Jay lachte, schauderte merklich unter meiner Nähe. »Scheiße«, flüsterte er noch immer kichernd, »ich würd so gern …« Statt den Satz zu beenden drückte er sich noch ein wenig enger an mich, jagte mir tausend Schauer über die Haut.

»Ich auch.« Mit einem Seufzen vergrub ich mein Gesicht an seinem Hals, atmete tief seinen mir so vertrauten Geruch ein. Gott, wie schön würde es sein, bald jeden Morgen neben ihm aufzuwachen. Okay, fast jeden.

Energisch machte Jay sich so weit von mir los, dass er sich etwas zurücklehnen und mir ins Gesicht schauen konnte. Mich mit diesem Blick bedenken konnte, den ich einst für ein gefaktes Pokerface gehalten hatte und in dem ich inzwischen doch alles lesen konnte, was ich wissen musste. In diesem Moment sagte er nur eines: *›Morgen, Baby, morgen bist du fällig!‹*

~*~*~*~

Der Abschied von meiner Tochter schmerzte. Wie jedes Mal. Und doch erschien er mir dieses Mal ein wenig erträglicher. Wohl, weil ich wusste, dass in nicht allzu ferner Zukunft keine 2800 Meilen, sondern nur noch knapp 400 zwischen uns liegen würden. Eine überbrückbare Strecke.

Natürlich hatte ich bei all meinen Überlegungen auch mit dem Gedanken gespielt, nicht direkt zu Jay nach Los Angeles, sondern nach San Francisco zu ziehen. In Kaitlyns Heimat. Und ich war mir fast sicher, dass Jay auch das toleriert hätte. Doch nach unserem gestrigen Gespräch war ich mir sicher, die richtige Entscheidung getroffen zu haben. Für mich, aber auch für ihn.

Zu gerne hätte ich Kaitlyn zum Abschied gesagt, dass ich vielleicht schon bald viel, viel näher bei ihr sein würde, hatte es mir jedoch verkniffen. Ich wollte zuerst in Ruhe mit Mary darüber reden und einige Dinge hier in New York klären, ehe ich meine Tochter verrückt machte. Und außerdem stand Kaitlyn heute ein ausreichend großes Abenteuer bevor.

Mehrfach hatten Jay und ich und auch Mary per Telefon uns versichert, dass es für Kaity wirklich in Ordnung war, wenn sie unter Aufsicht einer Flugbegleiterin allein den Heimweg antrat. Ihre leuchtenden Augen hatten mich letztlich überzeugt.

Zwar waren am Gate, kurz vor dem Einsteigen ins Flugzeug, ein paar Tränen gekullert, doch diese galten sicher eher dem Abschiedsschmerz als der Furcht vor der Reise. Leider durfte ich Kaitlyn nicht bis ins Flugzeug begleiten, aber Jay und ich blieben gemeinsam am Gate stehen, bis wir zusehen konnten, wie die Boeing zur Startbahn rollte. Während der Flieger noch auf die endgültige Starterlaubnis wartete, schrieb ich rasch Mary, um ihr mitzuteilen, dass bis dato alles glatt gelaufen war und dass Kaitlyn voraussichtlich *in time* in San Francisco landen würde. Sicher würde Mary trotzdem in den nächsten Stunden noch diverse Male die Flug-App checken. Etwas, das ich mir verkneifen würde, aber wenn ich ehrlich war, fieberte ich jetzt schon Marys Nachricht entgegen, dass unsere Kleine sicher gelandet war.

»Na komm, lass uns fahren.« Jays Stimme holte mich aus meinen Gedanken. Mit einem leisen Seufzen wandte ich mich von der Boeing ab, die soeben von der Startbahn abhob und sich stetig weiter gen Himmel zog.

Schweigend gingen wir an den Gates entlang, wie selbstverständlich passte ich mich Jays raschen Schritten an. Mir war klar, dass es ihn nach Hause zog. Dorthin, wo wir ungestört sein würden. Mir selbst ging es nicht anders, dennoch brauchte ich noch ein paar Minuten in Gedanken für mich, um den Abschied von meiner Tochter zu verdauen. Und Jay wäre nicht Jay gewesen, wenn er mir diese Zeit nicht gegeben hätte. Es mochte sein, dass er manchmal mit voller Absicht in den skurrilsten Situationen den Pornodarsteller raushängen ließ und seine Gedanken öfter noch als bei anderen Kerlen um Sex und alles, was damit zu tun hatte, kreisten. Aber auch ein Jayson Ward wusste sehr genau, wann es *nicht* um das Eine ging.

Durch eine der großen Fensterfronten an den Gates warf ich einen Blick hoch zum Himmel, an dem die Boeing immer kleiner und kleiner wurde. In meiner Brust klopfte mein Herz einen gleichsam wehmütigen wie vorfreudigen Takt. *Bald … bald … bald …*

Entschlossen wandte ich mich ab und straffte die Schultern, schob mich im Gehen ein wenig näher an Jay heran und eine Hand in die hintere Tasche seiner Jeans und damit auf seinen Arsch. Von der Seite trafen mich ein fragender Blick und ein vages Lächeln, das rasch breiter und auch dreckig wurde, als ich ihm zuzwinkerte.

~~~ Jayson ~~~

Die Kabinentür glitt ins Schloss, im nächsten Moment hallte das leise Kratzen des vorgeschobenen Riegels in meinen Ohren. In meinem ganzen Körper. Ich stand reglos, wartete atemlos und mit rasendem Puls darauf, dass Dale mich packen und Gesicht voran gegen die Wand schieben würde. Doch er tat es nicht.

Stattdessen umfing er mich mit seinen Armen, zog mich rücklings an sich, sodass ich mich von seiner Nähe eingehüllt fühlen konnte. Und für einen winzigen Moment schien es mir, als seien wir gar nicht hier. Nicht in irgendeiner Toilettenkabine am Flughafen, sondern ganz weit weg. Nur er und ich. Ausatmend lehnte ich mich gegen ihn, spürte das Arbeiten seiner Brustmuskeln an meinen Schultern, als er die Arme noch ein wenig enger um mich schloss.

Einige Sekunden lang standen wir so da. Reglos. Ineinander versunken. Ehe Bewegung in seinen Körper kam und damit auch in meinen.

»Sieh dich um.« Er raunte nahe an meinem Ohr, ließ seinen Atem bewusst über die empfindliche Haut darunter fließen. Zum Teufel mit ihm, dass er ganz genau wusste, wie verrückt es mich machte, wenn er das tat.

Als ob ich mich hätte umschauen müssen … Statt das zu tun, drehte ich den Kopf, befreite mich ein Stück weit aus seiner Umarmung, um ihn anzusehen, doch ehe ich das tun konnte, waren Dales Finger an meinem Kinn. Die andere Hand rutschte tiefer. Unmissverständlich.
~~~

»Naaa …« Er schob seine Hand in meinen Schritt, packte zu. Erzwang so ein zischendes Luftholen meinerseits. Es war weniger die Berührung an sich als vielmehr die Art, wie Dale mit mir sprach. Bestimmend und provozierend in einem. »Werden da Erinnerungen wach, huh?«

»Mmh, ja.« Während ich die Worte schnurrte, wölbte ich den Rücken, rieb meinen Arsch allessagend gegen seinen Schritt. Spürte die Härte, die gegen meine Pobacken drückte. Ganz sicher lief nicht nur in meinem Kopf gerade ein schmutziger Film ab.

»Sag's mir«, zischte Dale mir ins Ohr, seine Finger fanden ihren Weg um meine Kehle. Ohne Druck und doch – oder genau deshalb – elektrisierte mich diese Geste doppelt so sehr wie seine Hand an meinem Schwanz. Es war verdammt noch mal zu viel Stoff zwischen uns.

»Damals im Flugzeug«, wisperte ich zwischen hastiger werdenden Atemzügen, »wie ich unter der Decke deinen Schwanz gestreichelt hab und du mich anschließend auf der Toilette gefickt hast. Du hinter mir … ganz tief in mir … Baby, ich hab's geliebt.«

Irgendwo in einer Kabine links neben uns rumorte es und es war mir so scheißegal. Dale brummte zustimmend an meinem Ohr, mit einem Ruck öffnete er meinen Gürtel, während ich meinerseits die Hände nach hinten und zwischen uns schob, um mich an seiner Hose zu schaffen zu machen. Und nein, verdammt, es war mir *nicht* egal, dass wir anscheinend nicht die Einzigen auf der Herrentoilette waren. Es war ein verfluchter zusätzlicher Kick.

Ich zuckte zusammen, als Dale meine Jeans samt Pants wenig umsichtig nach unten zerrte, sodass er meinen Schwanz umfassen konnte.

»Macht dich das an, ja?«

Ich war mir nicht sicher, ob er seine Berührungen meinte oder den Umstand, dass wir zwar keine Zuschauer, aber wohl wenigstens Mithörer hatten. Doch so oder so, die Antwort war dieselbe.

»Fuck … ja …«

Dale vergrub die Nase in meinem Haar. Sein Luftholen, der Laut, mit dem er meinen Geruch in sich einsaugte, peitschte heiß durch meinen Unterleib, ließ meinen Schwanz in seiner Hand zucken. Eigentlich hatte ich vorgehabt, zu warten, bis wir zu Hause waren, und Dale dann nach allen Regeln der Kunst durchzuvögeln. Aber das hier war definitiv eine lohnenswerte Alternative. Auch – oder gerade weil – Dale die Rollen vertauscht hatte, und nun derjenige war, der mich in der Hand hatte – im wahrsten Sinne des Wortes.

»Fuck, ja?« Sein Lachen kitzelte warm meine Haut, streichelte hitzig darüber. »Willst du, dass ich dich ficke? Jetzt? Hier?«

»Was soll die scheiß Frage?« Mit einem Ruck, den er anscheinend nicht hatte kommen sehen, machte ich mich von ihm los, wandte mich um, funkelte ihn an. »Natürlich will ich, dass du mich fickst. Jetzt und hier. Bevor wir nach Hause fahren und es dort noch mal machen. Nur wirst dann du derjenige sein, der hinhalten wird.«

Was ich in Momenten wie diesem am meisten liebte, war Dales Mienenspiel. Die Art, wie sich seine sonst so hellen blauen Augen vor Lust um Nuancen verdunkelten, weil sich seine Pupillen weiteten. Wie sich seine Lippen ein kleines Stück weit öffneten, darauf zu warten schienen, von meinen erobert zu werden. Ich tat ihm den Gefallen.

Unsere Küsse waren gierig, wenig sanft, geschweige denn sinnlich. Unsere Berührungen fahrig, die Finger zittrig, als wir schnellstmöglich all jene Stoffe beiseite zogen und zerrten, die nötig waren. Keinen Fetzen mehr. Wer wollte bitteschön nackt in einer mehr oder minder öffentlichen Toilette auf dem Boden knien oder gar liegen? Kurz nur sank ich vor Dale auf die Knie, um ihn in den Mund zu nehmen, meine Jeans dabei nur so weit als nötig über meinen Arsch herabgeschoben. Ich verteilte Speichel auf seinem Schwanz, spürte sein Pulsieren. Nur einige Sekunden oder maximal eine Minute später zog er mich wieder nach oben, küsste mich noch einmal.

»Dreh dich um.«

Genau das hätte ich ohnehin getan. Provozierend langsam wandte ich mich der hellgrauen, ganz sicher kein bisschen sterilen Kabinenmittelwand zu. Betete innerlich, dass an den Waschbecken draußen genügend Seife vorhanden war, ehe ich mich mit einer Hand an der Wand abstützte. Mit der anderen griff ich nach hinten, zog mein Shirt ein Stückchen nach oben, sodass Dale allerbeste Aussicht auf meinen Arsch hatte, den ich ihm entgegenstreckte.

Wir kannten uns so gut. Manches zwischen uns war so vorhersehbar. Und dennoch erschauderte ich, als sein leises Stöhnen an meine Ohren drang und er in einer beinahe huldigenden Geste über meine Pobacken streichelte.

»Mach!«

Er packte zu, zog meine Backen auseinander. Ich hielt den Atem an, entließ ihn zischend, als ich spüren konnte, wie Speichel auf meinen Muskelring tropfte und von Fingern verrieben wurde. Im nächsten Moment war es Dales Schwanz, der durch meine Spalte glitt, seine Eichel, die gegen meinen Eingang drückte.

»Ganz locker, Baby.«

Er hätte es mir nicht sagen müssen. Dennoch rührte es mich, dass er es tat. So war Dale, schon immer gewesen: umsichtig. Niemals verlor er seinen Partner aus den Augen. Schon gar nicht, als er schließlich langsam in mich eindrang, stets innehielt, sobald er spürte, dass ich zu kämpfen hatte. Und verdammt, Pornodarsteller und jahrelange Übung hin oder her, so ganz ohne Vorbereitung war der Schmerz da. Doch er verging, als Dale vollkommen in mir war und mir einen Moment Zeit ließ, mich zu sammeln und zu entspannen.

Mit Küssen und kleinen Bissen zog er eine kribbelnde Spur über meine Schultern und an meiner Wirbelsäule hinab, so weit er eben kam. Mit einer Hand packte er meine Hüfte, die andere legte er mit weniger Druck um meinen Schwanz. Mein Blick glitt nach unten, hin zu seinen um meinen Schaft geschlossenen Fingern. Hin zu der schwarz tätowierten Rosenblüte auf seinem Handrücken. Allein die Vorstellung, wie ich mit jedem Stoß seines Beckens in die Wölbung seiner Finger hineingleiten würde, jagte Hitze durch meinen Unterleib und Schauer über meinen Rücken.

Ich drängte mich ihm noch ein Stück weiter entgegen, wohl wissend, dass er keine Worte von mir brauchen würde. Vorsichtig zog er sich aus mir zurück. Stieß zu, ohne Kompromisse, aber niemals grob. Unser beider gepresster Atem erfüllte die Kabine, überschattete alle anderen Geräusche um uns herum, die ich hätte wahrnehmen können. Keine Ahnung, ob wir inzwischen allein waren oder Zuhörer hatten. Es war gleichgültig. Alles, was zählte, war Dale, der tief in mich stieß und dabei meinen Schaft durch seine locker geschlossene Faust trieb. Immer wieder, bis ich spüren konnte, wie sich mein Höhepunkt aufbaute, wie sich drückende Hitze in meinen Eiern und meinem Schwanz staute. Ich wusste, dass auch Dale es spürte. Er ließ es mich wissen, indem er kurz innehielt, den Winkel ein kleines bisschen veränderte, nur um mich dann mit wenigen gezielten Bewegungen über die Klippe zu treiben. Zitternd kam ich in seiner Hand, biss mir hart auf die Unterlippe, um nicht zu laut zu werden – obwohl es zugegebenermaßen nun auch egal gewesen wäre.

Mein Atem ging keuchend, ich ließ den Kopf auf einen Unterarm sinken, stützte mich schwer gegen die Wand, gehalten von Dales festem Griff um meine Hüften. Sein Atem streifte heiß und kribbelig kühl in einem meinen Nacken, als er sich halb über mich neigte, so weit es ging. Die Nase wühlte er in mein Haar und raunte mit hörbar kratziger Stimme: »Genug Sauerei gemacht, Baby.«

Reflexartig löste ich eine Hand von der Wand, wollte nach hinten greifen, um ihn daran zu hindern, sich aus mir zurückzuziehen. »Nicht …« Unverrichteter Dinge ließ ich die Hand sinken, Worte sollten genügen. »Bleib. Komm in meinen Arsch.«

Sein zischendes Luftholen streifte meinen Nacken, als er zum Protest ansetzte, doch ich ließ ihn nicht. Stemmte mich gegen die Wand und schob mich ihm allessagend entgegen, weiter auf seinen Schwanz, der mich nun, nachdem ich abgespritzt hatte, nur umso intensiver auszufüllen schien.

Zögerlich stieß Dale zu, streichelte mit einer Hand unter meinem Shirt über meinen Rücken. Mein zustimmender Laut jedoch reichte ihm offensichtlich. Erneut packte er zu, an meinen Hüften und im Nacken. Seine Bewegungen wurden härter, fahriger. Schwer atmend biss ich die Zähne zusammen und hielt dagegen. Es war nicht angenehm, zu viel Reiz auf einmal und dennoch irgendwie geil und es verdammt noch mal wert. Erst recht, als Dale schließlich in mir abspritzte und ebenso wie ich nach Atem ringend halb auf mich sank.

Sekundenlang standen wir so da. Beide mit zittrigen Beinen und rasendem Herzschlag. Dale drückte flüchtige Küsse in meinen Nacken und auf meinen Rücken, auf das Shirt. So lange, bis ich mich vor ihm zu winden begann.

»Dale …«, Halb lachend, halb keuchend versuchte ich mich hochzustemmen und zischte leise, als er sich ebenfalls aufrichtete und aus mir glitt. Im nächsten Moment waren wieder seine Arme um mich und er drehte mich sacht zu sich um, küsste mich kurz, ehe er seine Stirn gegen meine lehnte.

»Eigentlich wollte ich dir den Toilettengang hier ersparen …«

Nun wirklich mit einem Lachen auf den Lippen löste ich mich endgültig von Dale, zog mir demonstrativ die Jeans nach oben. »Vergiss es, Baby. Wenn du mich fickst, will ich auch deinen Saft in meinem Arsch. Und glaub mir, ich werde keinen Tropfen von dem, was du mir geschenkt hast, hergeben, bis wir zu Hause sind. Allein schon, weil ich weiß, wie es dich anmacht, zu wissen, dass ich bei jeder verdammten Bewegung werde spüren können, dass deine Sahne noch in mir ist.« Und nicht zuletzt, weil es *mich* anmachte und nicht zur Ruhe kommen ließ, wie er mich in diesem Moment ansah und auf der gesamten Fahrt ansehen würde. Jesus, ich betete, wir würden auf dem Rückweg nicht im Stau stehen. Ich hatte es wirklich, wirklich eilig, nach Hause zu kommen.

~*~*~*~

Wie ich angenommen hatte, waren unsere Gemüter keinesfalls herabgekühlt, bis wir in Dales Appartement ankamen. Kaum war die Tür hinter uns ins Schloss gefallen, trafen sich unsere Blicke und es war unschwer zu erkennen, dass seine Miene eine ebensolche Sehnsucht spiegelte, wie auch ich sie verspürte. Der größte Druck mochte abgebaut sein, doch in meinem Inneren brodelte nach wie vor nur mühsam heruntergekochte Erregung. Mal abgesehen von dem heimlich stillen Intermezzo am ersten Abend hatten wir uns in den letzten Tagen stark am Riemen gerissen. Mit einem Kind in der Wohnung und vor allem ohne verschließbare Tür vor dem Schlafzimmer war es einfach nicht in Frage gekommen, übereinander herzufallen. Nun allerdings …

»Duschen?« Herausfordernd zwinkerte Dale mir zu, während er sich die Sneakers von den Füßen trat. »Oder hattest du vor, noch länger die Arschbacken zusammenzukneifen?«

»Nee, duschen.« Ich marschierte an ihm vorbei in Richtung Badezimmer, wohl wissend, dass sein Blick dabei auf meinem Allerwertesten klebte. Zugegeben, Dale und ich kannten uns mittlerweile so gut, dass wir füreinander zumindest in sexueller Hinsicht sehr durchschaubar geworden waren, was der Sache allerdings keineswegs den Reiz nahm.

Im Bad entledigten wir uns wenig romantisch unserer Klamotten. Während Dale noch im Schrank herumwühlte, stieg ich schon mal unter die Dusche. Kurz überlegte ich, abzuwarten und ihm dann ganz demonstrativ meinen Arsch zuzudrehen, damit er zusehen konnte, wie sein Sperma aus mir herauslief, aber mittlerweile war das Gefühl wirklich unschön. Und als Dale wenig später zu mir kam, folgte keine weitere Provokation. Aus dem Augenwinkel nahm ich wahr, was er offenbar im Schrank gesucht hatte und nun auf die kleine Ablage an der Wand gleiten ließ. Es entlockte mir ein Lächeln, befeuerte die schwelende Lust in meinem Inneren.

Trotz des Umstandes, dass wir beide alles andere als heruntergekühlt waren, beließen wir es dabei, uns gegenseitig einzuseifen, dabei zu streicheln. Wir hielten die Erregung auf einem konstanten Level, jedoch ohne sie überkochen zu lassen. Bekanntlich war Vorfreude ja die schönste Freude. Zuletzt zog ich Dale zu einem langen Kuss an mich heran, ehe ich mich losmachte und die Glastür aufschob.

»Ich nehme an, du brauchst noch eine Weile.«

Aufgrund meines süffisanten Tonfalls verdrehte Dale die Augen. »Raus mit dir.«

Ich lachte leise, tat jedoch, wie mir geheißen. In einer Partnerschaft gab es dann eben doch Dinge, die man besser allein tat.

Rasch trocknete ich mich ab, rubbelte meine Haare nur kurz ein wenig trocken, ehe ich aus dem Bad und für einen Abstecher hinauf auf die Empore huschte. Draußen schien eine herrlich warme Mittagssonne vom Himmel, sodass ich mir lediglich eine sehr knappe Shorts und ein Tanktop schnappte. Mit zwei eisgekühlten Drinks machte ich es mir auf den Rattansesseln bequem und schoss ein paar Aufnahmen für Instagram, setzte einen kurzen Tweet ab, bis Dale zu mir nach draußen kam.

Mit stoischer Ruhe ließ er es über sich ergehen, dass ich ein weiteres Foto machte – dieses Mal von uns beiden mit unseren Drinks – und dieses hochlud. Als ich endlich mein Handy beiseitelegte und zu ihm sah, hatte er die Augen geschlossen und wie ich selbst die Füße auf der Balkonbrüstung abgelegt. Ich betrachtete ihn einfach nur, spürte der Sommerwärme auf meiner Haut und dieser ganz bestimmten anderen Wärme in meinem Inneren nach, welche die unterschwellige Erregung wenigstens für den Moment verdrängt hatte.

»Ich hätte ja nie gedacht, dass ich das mal sagen würde«, murmelte ich mehr zu mir selbst als zu Dale, »aber es gibt tatsächlich Wichtigeres als Sex.«

Unter nur halb geöffneten Lidern schielte er zu mir herüber. »Wie viele Drinks hattest du schon?«

»Idiot! Ich mein's ernst. Es macht mich scheiße glücklich, dass du nach L.A. kommen wirst und das nicht nur, weil wir dann quasi dauernd rumvögeln können.«

»Na, das beruhigt mich aber.«

Schnaufend griff ich nach meinem Glas. »Wie viele Drinks hattest *du* schon, huh? Normalerweise bist du derjenige, der mir sagt, ich solle ernst bleiben.«

»Sorry.« Dale öffnete endgültig die Augen und lehnte sich ein Stück zu mir herüber. Wartete ganz offensichtlich darauf, dass ich ihm für einen Kuss entgegenkam. Der Moment währte jedoch nicht lange, mein Handy meldete sich zu Wort. Zeitgleich schielten wir aufs Display.

»Rizzo.«

»Na, dann geh ran.«

»Aber das kann dauern ...« Einfach, weil es das immer tat, wenn Rizzo und ich telefonierten.

»Ich weiß. Mach.« Dale ergriff sein Glas und erhob sich. »Muss sowieso noch was erledigen.«

»Okay ...« Kurz sah ich ihm nach, wie er im Inneren des Appartements verschwand, ehe ich nach meinem Smartphone griff.

~~~ Dale ~~~

Die flachen Sohlen der kniehohen Stiefel hinterließen leise Geräusche auf den Stufen, als ich von der Empore zurück ins Wohnzimmer trat. Das Leder schmiegte sich glatt und ungewohnt kühl an meine Haut. Es war wirklich verdammt lange her, dass ich die mattschwarzen Stiefel das letzte Mal getragen hatte. Irgendwie hatte sich nie die Gelegenheit ergeben und das, obwohl ich wusste, dass Jay seit unserem ersten gemeinsamen Abend in meinem Appartement davon fantasierte. Und das alles nur, weil ich damals im Eifer des Gefechts vergessen hatte, meine Sneakersocken auszuziehen. Der Gedanke entlockte mir noch heute ein schiefes Schmunzeln, welches auch nicht schwand, als ich den Blick aus den breiten Fenstern richtete.

Jay war inzwischen aufgestanden, lehnte seitlich an der Balkonbrüstung, noch immer mit seinem Handy am Ohr. Wie lange telefonierte er nun schon mit Rizzo? Vierzig Minuten? Fünfzig? Aber mir sollte es recht sein, denn immerhin hatte mir dieses nicht enden wollende Gespräch ausreichend Zeit verschafft, um meine kleine Überraschung – oder vielmehr um *mich* – vorzubereiten.

Ich spürte mein eigenes Grinsen noch breiter werden, während ich mich in Position begab. Wie lange würde es wohl dauern, bis Jay mich bemerkte?

Hoffentlich nicht allzu lange, denn zugegeben, rücklings zur Balkontür breitbeinig auf dem Sofa kniend, den Rücken durchgedrückt und den Arsch im Jockstrap einladend hervorgereckt, dabei über meine Schultern
~~~

schauend, damit ich Jays Gesichtsausdruck nicht verpassen würde, war nicht unbedingt die bequemste Haltung. Aber was tat man nicht alles, um seinen Freund anzumachen? Sobald Jays Blick ins Wohnzimmer fiel, sollte er mich genau so sehen: zurechtgemacht, bereit und … geil.

Zugegeben, ich hatte mich vorhin selbst angefasst, um hart zu werden, aber spätestens seit ich das kühle Leder auf meiner Haut spürte, lief mein Kopfkino auf Hochtouren und mein Schwanz dehnte und durchfeuchtete den dunklen Stoff des Jockstraps. *›Gottverdammt, dreh dich endlich um, Jay!‹*

Als seien meine Gedanken ein stummer Code gewesen, stieß er sich lachend vom Geländer ab, wandte sich dabei halb um. Der Moment, in dem sein Blick durch die geschlossene Balkontür nach drinnen fiel, schien sich zu einer halben Ewigkeit auszudehnen. Aber dann sah er mich an. Sah mich in Jock und Lederstiefeln auf dem Sofa knien. Bereit für ihn. Sehnsüchtig wartend auf ihn.

Der Fotograf in mir schrie auf. Wollte mich ohrfeigen dafür, dass ich keine Kameras aufgestellt hatte, um sein Mienenspiel auf einem verfluchten Polaroid zu bannen. Es war genau so, wie ich es mir vorgestellt hatte und doch war ich nicht darauf vorbereitet. Darauf, wie sich seine Augen erst weiteten, dann zusammenzogen. Wie sich seine Lippen öffneten und ein kaum merklicher Ruck durch seinen Körper lief. Sein Luftholen hallte in meinen Ohren, obwohl ich es durch die geschlossene Glastür nicht hören konnte. Sein Blick brannte sich auf mir fest, schickte ein Zittern durch meinen Körper, von dem ich hätte schwören können, dass er es spürte, ohne mich anzufassen.

Er sagte etwas zu Rizzo, ich machte mir nicht die Mühe, es von seinen Lippen zu lesen. Wollte nur, dass er endlich auflegte und hereinkam. Zu mir kam. In mich kam. Und dann … irgendwann … In. Mir. Kam.

Beherrscht langsam stieß ich die Luft aus, wandte den Kopf ab. Schloss die Augen und konzentrierte mich nur auf die Geräusche hinter mir. Das Öffnen und Schließen der Balkontür. Die kaum hörbaren Schritte von nackten Füßen auf Parkett, dann lautlos auf Teppich. Das Klackern, als Jay das Handy auf den Tisch legte. Seinen flachen Atem. Immer näher bei mir. Und dann Stille. Keine Berührung. Nur seine Blicke, die sich einem Streicheln gleich über meinen Körper brannten. Das Lodern tief in mir schürten. Unruhig bewegte ich mich vor ihm, als könnte ich ihn dadurch dazu bringen, mich anzufassen. Doch er tat es nicht. Stand nur hinter mir und betrachtete mich. Schauer um Schauer kroch über meinen Rücken, mein Schwanz drückte sich bettelnd gegen den dünnen Stoff.

»Mr. Tyler Stone auf Knien in Lederstiefeln … Scheiße, Dale, fehlt eigentlich nur noch die Gerte, hmm?«

Mein Kopf ruckte nach oben, über die Schultern hinweg feuerte ich einen durchdringenden Blick auf Jay ab, der im selben Moment an den Saum seines Tanktops griff und es sich über den Kopf zog.

»Gerte, ja?«, grollte ich ihm entgegen, bewegte mich so vor ihm, dass sein Blick unweigerlich wieder zu meinen von den Riemen des Jockstraps umspannten Pobacken zuckte. »Träumst du heimlich davon, mir Striemen auf den Arsch zu zeichnen?«

Jay lachte auf, ein gleichsam befreiter wie hörbar angeheizter Laut. Er zwinkerte mir spielerisch zu, als er an den Saum seiner Shorts griff.

»Nicht wirklich. Ist nicht unsere Art, huh? Aber dein Anblick … Jesus, Baby … du sieht echt heiß aus und ich werde es lieben, dich genau so zu ficken, wie du dort kniest.« Während er mir zuraunte, schob er sich die Shorts vom Körper, gewährte mir damit freien Blick auf seinen bereits halbsteifen Schwanz.

»Dann quatsch nicht rum, sondern mach es auch.«

Meine Forderung beschwor sein Jayson-Lächeln auf seine Lippen und für einen winzig kurzen Moment bereute ich es erneut, entgegen meiner ursprünglichen Überlegung, keine Kameras aufgestellt zu haben. Mit einem Clip wie diesem hätten wir – oder genauer gesagt: Jay – Hunderte Dollars verdienen können. Aber verdammt … dieser Moment gehörte uns beiden allein. Jayson Ward und Tyler Stone ganz privat … Jay und Dale … wir beide … immer und immer wieder …

»Baby?« Jay flüsterte nur. Fragend und beinahe ein wenig besorgt. Seine Miene mit einem Mal ernst, als er vollends an mich herantrat. Ich schluckte. Bemerkte erst dabei den Kloß, der sich in meiner Kehle gebildet hatte. Mit einem energischen Blinzeln wischte ich den Hauch Feuchtigkeit aus meinen Augen fort.

»Alles gut«, ließ ich ihn leise wissen, »ich hab nur … Fuck, Jay … ich liebe dich wie verrückt, weißt du das eigentlich?«

Sein Lächeln kehrte zurück. Schwand wieder. Kam zurück. Sein Mienenspiel ein Wechselbad der Gefühle. Schlussendlich blieben weiche Zärtlichkeit und rohe Gier in einem.

»Ich weiß«, wisperte er und endlich – endlich! – streifte seine Hand meine Haut, glitten seine Finger über eine meiner Pobacken, zeichneten wie in Gedanken versunken die Linie des Jockstraps nach. Mit der anderen Hand streichelte er sich selbst, machte sich hart.

»Und genau deshalb«, noch immer flüsterte er nur, »weil ich weiß, wie verdammt groß das zwischen uns ist …«

Er stockte, trat vollends hinter mich. So nahe, dass seine Schwanzspitze sacht durch meine Spalte glitt und meinen weichen, bereits von Gel glitschigen Eingang streifte.

»… genau deshalb nehme ich zurück, was ich vorhin am Flughafen gesagt habe.« Mit zwei Fingern zeichnete er Muster auf meine Pobacke, betrachtete die Spur, die er immer tiefer hinabzog, einem bestimmten Ziel entgegen. »Genau deshalb wirst du jetzt nicht hinhalten.«

Entgegen seiner Worte übte er mit den Fingern Druck auf meinen Eingang aus, presste gleich darauf seine Eichel dagegen. Prall. Warm. Ich zitterte unter der intensiven Berührung, keuchte leise und biss mir auf die Lippe, als sich ein Wimmern aus meiner Kehle zu kämpfen versuchte.

»Jay, was …?«

»Sch …« Noch während er den Laut zischte, schob er sein Becken vor. Drängte seine Spitze in mich. Ich bebte vor ihm. Innerlich tausend Mal mehr als äußerlich.

»Ich kann dir nicht versprechen«, stieß Jay zwischen zusammengebissenen Zähnen hervor, »dass das hier in irgendeiner Weise zärtlich wird. Jesus, Dale … ich schwör dir, das hier wird hart und verdammt dreckig, aber … « Keuchend hielt er inne, sein Schwanz dabei halb in mir. Ich atmete zittrig gegen den Druck an. Trotz Vorbereitung waren Jays Nähe, sein Streicheln und nicht zuletzt, was er mir zuraunte zu viel. So viel, dass ich mehr wollte.

»… aber du wirst nicht hinhalten, denn das hier wird nicht einfach nur ein Fick.« Er stieß zu. Vollends in mich und erzwang damit einen gepressten Laut von meinen Lippen. Ich krallte die Finger im Polster fest, wölbte den Rücken, wollte ihn noch näher, noch tiefer. Wollte ihn überall und für immer.

»Das hier«, ebenso schwer atmend stützte Jay sich halb auf mir, halb auf dem Sofa ab, seine Lippen glitten streichelnd über meinen Rücken, während er sich aus mir zurückzog, »das hier wird verdammt noch mal Liebe machen.« Beim letzten Wort stieß er erneut zu. Tief, hart und unerbittlich. Und dennoch … verflucht zärtlich. Ich wollte seinen Namen wispern, brachte jedoch nur einen Laut voll lustvoller Sehnsucht über meine Lippen und schloss einfach die Augen. Gab jegliche Kontrolle auf und legte sie in Jays Hände. Nicht zum ersten Mal und sicher auch nicht zum letzten. Jedes Mal voller Vertrauen. Weil nichts anderes als genau das hier, so hätte sein können. So gut. So echt. So … Scheiße, Jay! So voller Liebe.

~*~*~*~

Über Manhattan senkte sich die Nacht herab, das Dunkel des Himmels durchbrochen von den Lichtern der Stadt. Auf dem Sofa liegend, gemeinsam mit Jay unter eine Decke gekuschelt, blickte ich aus der geöffneten Glastür, durch die ein noch immer warmer Wind hereinstrich. Abende wie diese in New York waren für mich gezählt. Für uns. Und verdammt ja, ich würde die Stadt vermissen. Aber niemals so sehr, wie ich Jay vermisste, wenn er ging. Und Kaitlyn.

»Scheiße, Mann, wenn ich's nicht besser wüsste, würde ich befürchten, ich hab dir vorhin beim Vögeln das Herz herausgerissen.« Seinen Kopf auf meiner Brust abgelegt schielte Jay zu mir hoch. »Du siehst aus, als würden dir jeden Moment die Tränen kommen. Was ist los, huh?«

Lachend vergrub ich die Nase in seinem Haar, blinzelte die Feuchtigkeit fort, ehe ich ihn wieder ansah.

»Vielleicht heul ich auch gleich, aber dann nur, weil das hier gerade perfekt ist.«

Um seine Mundwinkel zuckte es leicht. Noch einen Moment lang hielt er meinen Blick, bevor er sich mit einem Seufzen wieder näher an mich schmiegte, seine Wange zurück auf meine Brust bettete und wie ich selbst hinaussah.

»Der perfekte Moment, ja?«, nuschelte er gegen meine Haut. »Du und ich, nackt unter einer Decke, mit Sommerwind auf der Haut. Ist es das?«

»Genau das ist es«, bestätigte ich ebenso leise und schob eine Hand unter der Decke auf seinen unteren Rücken, ließ sie locker dort liegen. Zeichnete mit dem Daumen die Schwanzspitze der tätowierten Schlange nach. Ich spürte die Linien nicht, wusste aber ganz genau, wo sie verliefen. Hatte Jay so oft dort gestreichelt und geküsst, ihn einfach nur angesehen.

»Was wollte Rizzo eigentlich?«, fragte ich nach einer längeren Stille.

»Oh, nichts Besonderes eigentlich. Du kennst uns ja, wir können stundenlang über nichts quatschen.«

Das stimmte allerdings.

»Wobei … Am Donnerstag ist doch das große CC Cocks-Shooting.« Jay hielt inne.

»Mhm«, vervollständigte ich seine vagen Ausführungen, »und samstags dann die BBQ-Party.« Zu der ich ihn in die Mansion begleiten würde. Nach langer Zeit einmal wieder.

»Ja. Rizzo hat gefragt, ob ich Donnerstag bis Samstag mit ihm in der Mansion übernachten will. Also nicht *mit* ihm. Bei ihm. Ach, du weißt, was ich meine.«

Grinsend schüttelte ich den Kopf, drückte einen Kuss in Jays Haar. »Mach.«

»Sicher?«

»Natürlich sicher.« Und das war ich wirklich. Denn egal wie eng wir beide zusammenwuchsen, egal wie intensiv unsere Beziehung war, ein Stückchen von Jays Herz würde immer den Drehs und den CC Cocks-Jungs gehören, allen voran Rizzo. Wie hätte man diesen Kerl auch nicht lieben können?

Mit einem zutiefst zufriedenen seufzenden Laut schmiegte Jay sich noch näher an mich. Wenig später strich sein Atem gleichmäßig und ganz ruhig über meine Haut. Die Tatsache, dass Jay in meinen Armen einschlief, war so banal und im selben Moment so bedeutend. Denn das hier, das war *mein* Jayson. Der, der auch mal still sein konnte. Leise und weich und anschmiegsam.

Ich sah weiter aus der geöffneten Glastür hinaus, bis auch meine Lider zunehmend schwer wurden. Im Grunde war es ja blöd, in einem perfekten Moment einzuschlafen. Aber andererseits war es das Beste, was man tun konnte.

2. Teil – More than just a sugar daddy

~~~ Liam ~~~

Ein wenig zu schwungvoll und mit hörbarem Klirren landete meine Kuchengabel auf dem Teller, welchen ich energisch von mir schob. Über den Tisch hinweg traf mich der fragende Blick meiner Mutter, aus dem Augenwinkel sah ich das missbilligende Zucken um Dads Mundwinkel. Rasch zog ich meine Hände vom Tisch, krallte auf meinem Schoß die Finger ineinander. Mein Herz raste in meiner Brust. Am liebsten wäre ich aufgesprungen, aber verdammt, ich musste das jetzt endlich loswerden.

»Mom, Dad … ich muss euch was erzählen.«

»Das war zu befürchten«, brummelte es vom Kopfende des Tisches her, »so wie du die ganze Zeit herumhampelst.«

Prompt konnte ich spüren, wie ich heiße Ohren bekam. Gleichzeitig war es irgendwie ein ermutigendes Gefühl, dass meine Eltern mich zumindest noch so gut zu kennen schienen, dass sie bemerkten, wenn mir etwas auf dem Herzen lag.

Ich sah zu meiner Mom, die ihre Hände auf dem Tisch vor sich wie zum Gebet gefaltet hatte. Tja … der liebe Gott in ihrem Weltbild würde ganz sicher nicht gutheißen, was ich zu beichten hatte.

»Nun sag schon, bist du von der Uni geflogen?«

»Nein!« Ernsthaft erschrocken blickte ich wieder zu meinem Dad. Das Zucken um seine Mundwinkel hatte
~~~

sich zu einem schiefen Grinsen manifestiert, was in dieser Situation nicht recht zu ihm passen wollte. Und überhaupt war er heute ungewohnt gesprächig. Ein Umstand, von dem ich mir nicht sicher war, ob er mir Mut machen oder mich eher einschüchtern sollte.

»Nein«, wiederholte ich erzwungen ruhiger, »mein Studium läuft super und das Cheerleading auch.« Beides war nicht untertrieben. Die ersten Prüfungen hatte ich mit Bravour bestanden, und da in meinem Fach kaum Sommerkurse anstanden, konnte ich die unifreien Monate dazu nutzen, jede freie Minute ins Training mit den UCLA Spirits zu stecken.

»Ist mit deinem Freund alles in Ordnung? Geht's Rizzo gut?«, hakte nun meine Mom nach und ich erlaubte mir, mich innerlich kurz zu freuen, dass sie ihn endlich nicht mehr so förmlich Ricardo nannte.

»Alles bestens. Wir sind noch zusammen und ja, ich wohne auch noch bei ihm.« *›Und er hat mir heute Morgen ein ziemlich versautes Video von sich geschickt.‹* Das würde ich meinen Eltern jedoch ganz sicher nicht erzählen. Die eigentliche Botschaft würde sie sicherlich genug schocken. Noch einmal holte ich tief Luft, ehe ich hastig hervorstieß: »Es geht um jemand anderen. Also, ich meine, es gibt da noch jemand anderen.«

Meine Eltern tauschten einen irritierten Blick, ehe sie mich beide wieder durchdringend ansahen. Meine Mom schob eine Hand über den Tisch, die meinen lagen jedoch noch immer verkrampft in meinem Schoß.

»Hast du dich in jemanden verliebt?« Sie fragte das mit einem solch mitfühlenden Unterton, dass es beinahe skurril wirkte – zumindest, wenn man wie ich die exakte Antwort und die Umstände kannte.

»Ja, hab ich. Aber es ist …«

»… ein Mädchen?«

»Was?« Irritiert blinzelte ich meinem Dad zu.

»Du sagtest uns doch damals, du seiest … bisexuell.«

»Ähm … ja, aber darum …«

»Ist sie schwanger?«

»WAS? Fuck, nein!«

»Liam! Bitte keine Flüche in diesem Haus.«

»Entschuldigung, Mom. Nein und noch mal nein. Es ist kein Mädchen und niemand ist schwanger. Wie kommst du auf sowas, Dad?«

Erneut huschte sein Blick zu meiner Mutter, die betreten ihre Hand zurückzog und sie wie ich unter dem Tisch verschränkte. Oder wenigstens vermutete ich, dass sie das tat.

Angestrengt stieß ich die Luft aus meinen aufgeplusterten Wangen aus. Himmel, dieses Gespräch war schwieriger, als ich befürchtet hatte. Allerdings auch nur, weil mein Dad mir andauernd ins Wort fiel und merkwürdige Fragen stellte. Seit wann war er denn so … neben der Spur?

Ein Mädchen … als ob. Zugegeben, wir hatten seit einigen Wochen eine Neue im Cheer-Squad, die ich wirklich heiß fand. Aber mal ganz abgesehen davon, dass sie was mit einem der UCLA Bruins am Laufen hatte, wäre ich niemals auf die Idee gekommen, aus purer Abenteuerlust heraus – weil ich grundsätzlich schon gerne mal gewusst hätte, wie sich Sex mit einer Frau anfühlte – eine unserer Beziehungsregeln zu brechen: Kein Sex außerhalb der Beziehung, weder für Rizzo noch für Keith oder mich. Einzige Ausnahme: Rizzos Pornodrehs und das, was unmittelbar mit diesen zusammenhing.

Energisch schüttelte ich den Kopf, um die wirren Gedanken daraus zu vertreiben.

»Darf ich jetzt bitte einfach mal erzählen?«

»Natürlich, Darling.«

So natürlich, wie meine Mom das sagte, war es eben nicht. Doch auch mein Dad nickte nun zustimmend und sah mich erwartungsvoll an.

»Also«, ich holte tief Luft, »wir haben seit einer Weile eine Dreierbeziehung.« *›Genau genommen, schon seit ich euch Rizzo vorgestellt habe, aber zwei Outings auf einmal hätte ich nicht gepackt.‹*

Keine Reaktion meiner Eltern, ausgenommen verwirrtes Blinzeln. Das bedeutete wohl, dass ich noch ein wenig weiter ausholen konnte – und musste.

»Ich meine damit, dass wir beide mit ihm zusammen sind, also Rizzo und ich. Er heißt Keith und …«

»Ist er der Freund aus San Francisco, bei dem ihr öfter zu Besuch seid?« Sie fragte ganz ruhig, mit nur einem winzigen Flattern in der Stimme. Erleichtert nickte ich, erlaubte mir, meine angespannte Haltung ein wenig zu lösen. Auch wenn mir der zweite Knackpunkt meiner Beichte erst noch bevorstand.

»Genau, ja. Wir … Das geht schon länger zwischen uns. Aber ich wollte nichts sagen, bevor ich mir nicht sicher bin und … Tja, ich wusste nicht, wie ihr es aufnehmt, weil … es ein ungewöhnliches Beziehungsmodell ist und …«

Mir blieb die Spucke weg, die letzten Worte schienen sich regelrecht in meiner Kehle zu verkanten. Mit zittrigen Fingern griff ich nach meiner Teetasse, nahm einen hastigen Schluck. Dann noch einen. Über den Rand der Tasse hinweg sah ich das Beben der Nasenflügel meiner Mom. Meinen Dad sah ich in diesem Augenblick lieber gar nicht erst an.

»Und?«, hakte sie nun sichtbar angespannt nach.

»Und«, wie zuvor die Gabel landete auch die Tasse klirrend auf ihrem Platz, »und er ist älter als Rizzo und ich.«

Stille.

Anscheinend hatten wir nun den Punkt erreicht, an dem die Toleranz meiner Eltern an ihre Grenzen stieß. Fest klammerte ich die Finger um die Tasse, die der anderen Hand ins Polster des Stuhls.

»Wie alt?« Die Frage kam von meinem Dad, klang seltsam nüchtern.

»Nicht so alt wie du. Ich meine … so war das nicht … Er ist 39.«

»Herrje!« Meine Mom sank auf ihrem Stuhl zurück, bekreuzigte sich in einer zittrigen Geste, als könnte der liebe Herrgott so dafür sorgen, dass mein Gesagtes ungehört und ungeschehen verpuffte.

Hart biss ich die Zähne zusammen, richtete mich noch ein wenig weiter auf dem Stuhl auf. Es *war* passiert. Es passierte immer noch. Und es würde weiter passieren, ganz egal, was meine Eltern …

»Kannst du uns erklären, warum?«

Abrupt sah ich zu meinem Vater, einerseits verwirrt aufgrund seiner Frage und andererseits schockiert und erleichtert in einem, dass er so stoisch blieb und einfach nachfragte.

»Wie … was erklären?«

»Weshalb du dich zu ihm hingezogen fühlst? Du und Rizzo. Und er sich zu euch? Ist es … eine spezielle Vorliebe?«

Dünnes Eis, ganz dünnes Eis! Ich hielt den Atem an, stieß ihn im nächsten Moment scharf aus.

»Gewissermaßen, wir … Rizzo steht eigentlich schon immer auf ältere Männer. Im Grunde passe ich gar nicht in sein Beuteschema, aber trotzdem …« *›… liebt er mich und macht mich so verdammt glücklich damit!‹* »Egal, darum geht's nicht. Ich steh eigentlich nicht auf Ältere. Dachte ich zumindest immer. Aber Keith ist … Er ist sehr respektvoll, umsichtig, für…« Ich verkniff es mir im letzten Moment, *fürsorglich* zu sagen. Nicht, weil es nicht der Wahrheit entsprochen hätte, sondern weil ich fürchtete, damit zu nahe in die Richtung dessen zu gelangen, was ich meinen Eltern definitiv *nicht* erzählen würde. Zumindest nicht heute.

»Und dieser Keith? Was bewegt ihn dazu, Jugendliche zu …«

»Wir sind volljährig!«

»Liam, du weißt, was ich meine.«

›Und du hast keine Ahnung, wovon du redest!‹ »Er steht nicht auf kleine Jungs, wenn es das ist, was du ihm gerade unterstellen willst.«

Erst durch den finsteren Blick, den mein Vater mir zuwarf, registrierte ich, wie aufbrausend ich geworden war.

»Entschuldige, ich … Wie soll ich das erklären, Dad? Er fühlt sich eben zu uns hingezogen, das … ist nun mal so. War schon vor uns so. Aber es geht nicht um … irgendwelche fragwürdigen Neigungen. Unsere Beziehung findet auf Augenhöhe statt. Respekt ist Keith sehr wichtig und … Mann, Dad, ich liebe ihn. Wir beiden tun das und er liebt und achtet uns genauso. Es passiert nichts, was wir nicht alle wollen und …«

»Und was ist es, das da pass…?«

»Dad! Gott, Dad, bitte nicht! Ich werde euch nicht erzählen, was wir im Bett machen.« Allein schon, weil sie es nicht verstehen würden. Und weil ich keine Ahnung hatte, wie ich es ihnen erklären sollte. Wie ich ihnen begreiflich machen sollte, dass es nichts Pädophiles an sich hatte, wenn Keith Rizzo seinen ungezogenen Jungen nannte oder wenn er lobende Worte für mich fand, wenn ich eine Aufgabe zu seiner Zufriedenheit gemeistert hatte. Dass es nichts mit einem Vaterkomplex zu tun hatte, wenn ich mich nach dem Sex an Keith schmiegte und ihm ein »hab dich lieb, Daddy« ins Ohr flüsterte oder wenn Rizzo mit gespielt demütigem Augenaufschlag vor Keith kniend zu ihm hochsah und ihn bat, ihm den Schwanz lutschen zu dürfen. Es war ein Spiel. Einfach ein Spiel, welches wir in unsere gemeinsam ausgelebte Sexualität einbauten und manchmal in Teilstücken in unseren Alltag trugen. Eines, das wir jedoch jederzeit beenden konnten. Und wenn Keith nicht unser Daddy und Rizzo nicht sein Boy und ich nicht sein guter Junge war, dann waren wir einfach ein ganz normales Paar … nein, Trio. Eines, das sich auf Augenhöhe begegnete, miteinander lachte und stritt und manchmal auch verbal übers Ziel hinausschoss, wie es eben in jeder Beziehung mal vorkam. Aber niemals würde Keith irgendetwas von dem, was außerhalb des Spiels geschah, in dieses hineintragen. Wenn seine Hand auf Rizzos Arsch landete, dann nicht, weil Rizzo ihm innerhalb eines Streits die Tür vor der Nase zugeknallt hatte, sondern weil Rizzo sich bewusst in seiner Rolle als Boy einer Regel widersetzt hatte. Und wenn ich Keith signalisierte, dass ich mich nicht in der richtigen Verfassung fühlte, um zu spielen, dann nahm er dies ohne jede Ausnahme hin. Dann behandelte er mich wie einen ihm ebenbürtigen Mann, dann hatten wir einfach nur ganz normalen Sex.

»Liam?«

Ruckartig sah ich von der Tischplatte hoch, bemerkte erst jetzt, dass ich nach der Kuchengabel gegriffen und diese anscheinend sekunden- oder gar minutenlang gedankenverloren zwischen meinen Fingern hin und hergedreht hatte.

»Wir wollen doch nur, dass es dir gutgeht. Dir und auch Rizzo.« Wieder schob meine Mom ihre Hand über den Tisch und dieses Mal kam ich ihr entgegen und ergriff sie, drückte sanft ihre Finger.

»Aber mir geht's gut. Uns geht's gut. Ehrlich. Wir sind glücklich, so wie es ist und wir passen aufeinander auf.«

Wieder kehrte eine nachdenkliche Stille ein. Meine Mom starrte auf unsere ineinander verschränkten Finger, mein Dad auf einen unbestimmten Punkt an der gegenüberliegenden Wand. In seiner Wange zuckte ein Muskel, offenbar mahlten die Gedanken in seinem Kopf. Mein Herz pochte noch immer heftig, doch ganz egal, wie meine Eltern reagieren, was sie sagen mochten, ich war froh, dass es heraus war.

Seit mehr als einem halben Jahr bestand unsere Beziehung inzwischen. Rizzo und ich sahen Keith häufig, wenn auch in unregelmäßigen Abständen. Mal verbrachte er einige Tage in Los Angeles, mal besuchten Rizzo und ich ihn entweder gemeinsam oder getrennt voneinander, wie es die Auftragslage und Unitermine eben zuließen. Momentan war ich allein bei Keith. Rizzo hatte zwei größere Auftritte in Tel Aviv gehabt und war gestern von dort aus direkt nach New York geflogen. Schon jetzt freute ich mich wahnsinnig, ihn am kommenden Wochenende wiederzusehen – bei der Poolparty. Bis dahin genoss ich die zweisame Zeit mit Keith.

»Er … wohnt in San Francisco, wie ihr ja schon wisst«, fing ich langsam das Gespräch wieder an. »Er hat mich vorhin hergefahren und … holt mich auch wieder ab. Vielleicht … wollt ihr ihn ja kennenlernen?«

Ich rechnete mit allem. Im schlimmsten Fall damit, dass meine Mom die Hände über dem Kopf zusammenschlagen und mein Dad erklären würde, dass ein *solcher* Mensch mit *solchen* Vorlieben nichts unter diesem Dach zu suchen hatte. Doch zunächst herrschte Schweigen. Lange, sich dehnende Sekunden. Bis der Blick meiner Mom fragend zu meinem Dad glitt und dieser sich mit einem tiefen Ausatmen auf dem Stuhl zurücksinken ließ.

»Ruf ihn an und frag ihn, ob er zum Abendessen kommen möchte. Du hast doch genug Braten da, oder?«

Meine Mutter nickte, drückte noch einmal meine Hand. Auf ihrem Mund formte sich ein schmales Lächeln. Umso mehr überraschte es mich, wie sehr ihre Stimme zitterte, als sie leise sagte: »Wir … müssen dir auch noch etwas erzählen, Liam.«

~*~*~*~

»Schwanger!« Vom Beifahrersitz aus schleuderte ich Keith das Wort regelrecht entgegen. »Sie ist schwanger! Ich glaub das noch immer nicht. Schwanger, Keith, mit 47! Heilige Scheiße, ich bin 20. Ich sollte derjenige sein, der … Mein Gott, stattdessen bin ich bald ein großer Bruder. Das ist doch … Was? Hmm, was gibt's da zu lachen?« Vollkommen verständnislos funkelte ich Keith an, der da grinsend auf dem Fahrersitz saß und den Wagen sicher durch den abendlichen Verkehr San Franciscos steuerte.

»Findest du nicht, dass ein neues Leben ein Grund zur Freude ist? Da kann man durchaus lachen und …«

»Aber doch nicht meine Mom!«

»Warum nicht?«

»Weil sie 47 ist. Und weil sie meine Mom ist.«

»Und als deine Mutter darf sie keinen Sex haben? Und das Alter stört dich weshalb genau? Wegen der Risiken? Ja, die gibt es. Aber geht es dir nicht um etwas ganz anderes? Und ist das nicht ein wenig absurd, wenn man bedenkt, dass uns beide 19 Jahre trennen und …?«

»… und ich *›Bitte, Daddy, mach's mir‹* zu dir sage? Scheiße, Keith, ja! Ja, das ist absurd. Ich weiß das, aber … Mann, ich bekomme ein kleines Geschwisterchen.« Die letzten Worte stieß ich nur noch flüsternd hervor und sank regelrecht auf dem Beifahrersitz zusammen. Lehnte erschöpft und überfordert meinen Kopf seitlich gegen die Scheibe. Draußen huschten Autos und Lichter vorbei, letztere überfluteten meine Sinne, strapazierten mein ohnehin schon überlastetes Denken. Was war das bitte für ein verrückter Tag?

»Ich glaube, ich brauche 'nen Drink, sobald wir bei dir sind.«

Wieder erklang sein leises Lachen, schickte wohlige Wärme durch meinen Bauch und sorgte dafür, dass meine Gedanken wenigstens ein bisschen zur Ruhe kamen.

»Sollst du haben.«

»Echt?« Von der Seite grinste ich ihn schief an. »Du gibst deinem kleinen Jungen Alkohol?«

Dieses Mal war es ein Schnauben, das von Keith' Lippen drang. »Ich glaube, für heute lassen wir die Daddy-Spielchen sein.«

Seufzend schloss ich erneut die Augen. »Ich muss Rizzo anrufen.«

Kurz herrschte Stille im Wagen, mal abgesehen von der Musik, die leise aus dem Lautsprecher klimperte.

»Rizzo dürfte schon schlafen«, meinte Keith schließlich und erinnerte mich damit wieder daran, dass Rizzo ja inzwischen in New York war.

»Stimmt, Mist, ich wollte ihm doch noch vom Abendessen erzählen.« Träge rollte ich meinen Kopf an der

Nackenstütze herum, sodass ich Keith ansehen konnte. Er hielt vor der Garageneinfahrt, indessen tastete ich neben mich und drückte auf die Fernbedienung für das Rolltor. Lächelnd trafen sich unsere Blicke.

»Danke.«

»Wofür?« Flüchtig streifte er meine Hand mit der seinen. »Du warst derjenige, der den Mut aufgebracht hat, deinen Eltern von mir zu erzählen. Dafür danke ich *dir*. Auch wenn du das in erster Linie für dich selbst hattest tun sollen.«

»Trotzdem«, beharrte ich energisch, während der Wagen über die Schwelle ins Parkhaus rumpelte, »du hast stoisch alle Nachfragen meiner Eltern ertragen und das, obwohl manche echt unter der Gürtellinie waren.«

»Das ist okay, Liam. Sie machen sich Sorgen um dich und das ja grundsätzlich nicht zu Unrecht.«

»Ach?« Die Lichter der Garage flammten auf, sodass Keith mein herausforderndes Blinzeln wohl wahrnehmen konnte. »Hast du etwa vor, mich übers Knie zu legen oder gar Schlimmeres mit mir anzustellen?«

»Liam! Du kannst es heute nicht lassen, was?« Er sagte das, als würde es ihn stören, als hätte er Sorge, dass Rizzo zu sehr auf mich abfärbte. Was Blödsinn war, denn zum einen würde ich nie so provokant sein und auf so derbe Spielchen stehen, wie Rizzo es tat, und zum anderen gefiel es Keith, dass ich in seiner Gegenwart zunehmend frecher und offener wurde.

Statt zu antworten, stieß ich ein tiefes Seufzen aus. Keith manövrierte das Auto in die Parklücke und schaltete den Motor ab. Hinter uns schloss sich das Tor mit leisem

Summen. Wir blieben im Wagen sitzen, sahen einander im schummrigen Licht an.

»Ich bin stolz auf dich, Liam.« Seine dunkel gemurmelten Worte entfachten ein zufrieden warmes Lodern in meinem Bauch. Mehr noch, weil er sie nicht innerhalb eines Spiels hervorgebracht hatte. Weil er nicht stolz auf seinen braven Jungen war, sondern auf *mich*.

Ein wenig stemmte ich mich vom Sitz hoch und neigte mich zu Keith hinüber. Er kam mir entgegen. »Danke«, wisperte ich an seinen Lippen, ehe ich ihn küsste und er die Geste sanft, dennoch fest erwiderte.

»Komm, lass uns aussteigen«, meinte er schließlich, als wir unsere Münder nach einem langen Kuss voneinander lösten, »du siehst todmüde aus und morgen wird ein langer Tag.«

»Ach ja? Was haben wir denn vor?«

»Das erfährst du schon früh genug. Jetzt hopp, rein ins Haus und ab ins Bett.« Während er das sagte, drückte er mir einen Kuss auf die Stirn, ehe er sich im Sitzen abwandte und die Fahrertür aufstieß.

~~~ Keith ~~~

Am frühen Vormittag war der Parkplatz von *Giorgi Bros* noch nicht allzu voll, sodass ich den Wagen direkt vor dem Eingang zum großen Showroom abstellen konnte. Ich schaltete den Motor ab und wartete geduldig, während Liam noch eine Sprachnachricht an Rizzo in sein Smartphone plapperte. Mit einem herrlichen Schmollmund hatte er am Morgen zur Kenntnis genommen, dass er zu lange geschlafen hatte und es somit zu spät für ein ausgiebiges Telefonat war. Rizzo stand bereits vor der Kamera. Nicht für einen Dreh, sondern für das alljährliche CC Cocks-Shooting, bei dem Dave und Tracy alle Exklusiv-Models des Labels ablichteten.

Mit einem »bis später und Grüße von Keith« beendete Liam die Sprachnachricht, sah sich fragend um. »Sind wir da?«

»Allerdings.« Ich hatte mich bereits abgeschnallt und stieg aus dem Wagen. Auch Liam sprang in Windeseile heraus und kam um das Auto herum zu mir, glitt in einer selbstverständlichen Geste in meine Arme, während er weiterhin das große Gebäude vor uns beäugte.

»Ein Möbelhaus?«

»Sozusagen. Ein Showroom. Sag bloß, du kennst *Giorgis* nicht?«

»Mal gehört, aber nie drin gewesen. Sind deine Möbel von hier? Möchtest du etwas Neues?«

»Das will ich«, bestätigte ich und erlaubte mir, einen Kuss in Liams dunkelblonden Wuschelschopf zu drücken, ehe ich ihn sacht vor mir her in Richtung Eingang schob.

»Und sobald wir drin sind, erzähle ich dir auch, was genau wir suchen.«

»Wir?«

»Du. Geduld, Liam, lass mich erst mit George sprechen.«

Die Neugier stand ihm überdeutlich ins Gesicht geschrieben, doch er ließ sich ohne weiter nachzubohren von mir ins Innere leiten. Da ich unseren Besuch bereits vorab angekündigt hatte und wir nahezu auf die Minute pünktlich waren, erwartete uns der Manager des Showrooms bereits. Als Immobilienmakler hatte ich so einige Kontakte zu Leuten aus der Inneneinrichtungsbranche. Hinzukam, dass George Stammgast im SM-Club meines besten Freundes war und wir uns daher auch privat das eine oder andere Mal über den Weg gelaufen waren.

Bei einem Gläschen Aperitif – kein Champagner, ich hasste das Zeug wie die Pest – tauschten wir ein wenig Small Talk aus, ehe wir schließlich zum eigentlichen Grund des Besuchs im Showroom kamen.

»Wir benötigen Möbel für ein komplettes Zimmer: breites Bett, Kleiderschrank, Kommode … eventuell ein kleiner Tisch oder zumindest einen Sessel, je nachdem, was Liam gefällt.«

Das überraschte Luftholen neben mir nahm ich mit einem Lächeln zur Kenntnis. Ich zog Liam an der Hüfte ein wenig näher an mich und registrierte zufrieden das warme Gefühl, welches mich durchzog, als er sofort nachgab und sich an mich schmiegte. Bis vor kurzem war es ihm schwergefallen, in der Öffentlichkeit zu zeigen, was uns beide verband. Wo er mit Rizzo ganz offen umging, mit ihm herumblödelte und ihn vor aller Augen küsste, war er bei mir stets zurückhaltend gewesen. In erster Linie wohl dem Altersunterschied geschuldet. Doch seit einigen Wochen wurde es besser und spätestens das Gespräch mit seinen Eltern am vergangenen Abend schien eine große Last von seinen Schultern genommen zu haben. Hinzukam, dass George unsere Gesten der Zuneigung vollkommen unbeeindruckt zur Kenntnis nahm und Liam damit unbewusst eine zusätzliche Sicherheit zu vermitteln schien.

»Passend zum übrigen Stil deiner Einrichtung, vermute ich?« Mit einem Kopfnicken wies George uns an, ihm zu folgen.

»Grundsätzlich ja, aber es kommt in erster Linie darauf an, was Liam gerne haben möchte.« Aus dem Augenwinkel fing ich Georges wissendes Schmunzeln ein, gleich darauf wurde meine Aufmerksamkeit jedoch von Liam gefordert.

»Was hast du vor, hmm?«, wisperte er mir zu und sah fragend zu mir auf – aus herrlich sanften, großen Augen. Ich verlangsamte unsere Schritte ein wenig, wusste ohnehin grob, in welchen Bereich des riesigen Showrooms George uns führen würde. Im Gehen neigte ich mich leicht zu Liam herab, sodass ich nahe an seinem Ohr erklären konnte: »Das Gästezimmer soll nicht länger ein Gästezimmer sein, sondern *euer* Zimmer. Deines und Rizzos. Du weißt am besten, was ihm und dir selbst gefällt. Also such was Schönes für euch aus.«

Bei meinen letzten Worten blieb Liam wie angewurzelt stehen. Innerlich schmunzelnd wandte ich mich ihm zu und fing seinen ungläubigen Blick ein.

»Aber … aber du kannst doch nicht … Das ist bestimmt sauteuer hier.«

Bemüht um eine ernste Miene und dennoch mit einem schmalen Grinsen auf den Lippen nickte ich. »Es *ist* teuer hier, aber … George, wir kommen gleich nach, ja?«

Dieser reckte mir den Daumen entgegen und verschwand um eine massive Schrankwand herum in den hinteren Bereich der Möbelausstellung. Erneut wandte ich mich Liam zu, auf dessen Stirn sich diese kleine, nachdenkliche und auch ein wenig unwillige Falte gebildet hatte, halb verdeckt von seinen Haaren. Sacht strich ich sie ihm aus der Stirn.

»Noch mal in Ruhe: Ja, es ist nicht ganz billig hier, aber die Möbel sind es allemal wert. Und ihr beide seid es mir wert. Ihr sollt euch rundum wohlfühlen, wenn ihr bei mir seid.«

»Aber das tun wir doch auch so, dazu musst du nicht das komplette Zimmer neu einrichten. Außerdem«, auf seine Lippen schlich sich ein kleines, freches Schmunzeln, »verbringen wir ohnehin die meisten Nächte in *deinem* Bett.«

»Dennoch möchte ich, dass ihr einen für euch schönen Rückzugsort habt. Gerade du, wenn du lernen musst. Oder Rizzo, wenn er mal wieder schmollt, weil er seinen Kopf nicht durchsetzen konnte.«

Mit den letzten Worten erreichte ich genau das, was ich bezweckt hatte: Liam kicherte, die Anspannung wich aus seinen Schultern. Im nächsten Moment jedoch wurde seine Miene wieder nachdenklich.

»Versteh mich nicht falsch«, murmelte ich und zeichnete mit dem Daumen die Linie seiner Unterlippe nach, streichelte das Lächeln zurück auf eben jene, »ich respektiere, dass du – und insbesondere Rizzo – nicht möchtet, dass ich euch aushalte. Aber darum geht es hier nicht. Fakt ist, das Zimmer kann einen neuen Anstrich und neue Möbel gebrauchen, im Vergleich zum Rest des Hauses ist die Inneneinrichtung furchtbar zusammengewürfelt. Dass ich euch – oder nun eben dir – die Auswahl überlasse, ist eine Bitte meinerseits. Ich würde mich freuen, könnte ich deine Handschrift in der Einrichtung lesen. Und wenn diese ein paar hundert Dollar mehr kostet, dann sei es so. Sieh es bitte als Geschenk von mir an euch und auch an mich selbst. Um ehrlich zu sein: Ich habe vergangene Woche einen ziemlich lukrativen Deal an Land gezogen, der bereits in trockenen Tüchern ist. Ich habe nicht vor, das Geld aus dem Fenster zu werfen, aber ich habe durchaus vor, mir und euch etwas zu gönnen. Also … möchtest du ein paar Möbel für euer Zimmer aussuchen? Du kannst nein sagen und ich werde nicht eingeschnappt sein.«

»Ich weiß.« Liam stieß einen tiefen Seufzer aus. »Ich weiß, dass du das nicht sein wirst. Aber Rizzo wird angefressen sein, du weißt, wie er ist, wenn er das Gefühl hat, man würde ihm seine Eigenständigkeit absprechen.«

Himmel, natürlich wusste ich das. Wie oft waren Rizzo und ich in der Vergangenheit bereits aneinandergeraten, wenn es um die Frage ging, wer den nächsten Flug oder das gemeinsame Abendessen bezahlte?

Zur Bestätigung nickte ich. »Rizzo weiß aber auch, dass ich mir nicht von ihm werde sagen lassen, wie ich mein Haus einrichte. Ich werde neue Möbel für das Zimmer kaufen, so oder so, und selbstverständlich werde ich sie bezahlen. Die Frage ist lediglich, wer sie aussucht. Und das wird auch Rizzo verstehen. Ich rufe ihn später an.«

Noch einen Moment lang sah Liam mich nachdenklich an, doch mit jeder Sekunde glättete sich die Falte auf seiner Stirn und sein Strahlen kehrte zurück. »Okay, wenn das so ist, dann suche ich sehr gerne etwas aus«, entschied er, setzte jedoch mit einem schiefen Grinsen hinzu: »Aber du musst mir ein Preislimit setzen.«

Kopfschüttelnd zog ich ihn mit einer Hand in seinem Nacken zu mir und drückte ihm einen flüchtigen Kuss auf die Lippen. »Ein Limit bekommst du, keine Sorge. Jetzt komm, George wartet.«

~*~*~*~

Wir verbrachten geschlagene dreieinhalb Stunden im Showroom. Zunächst führte George uns herum, zeigte uns einige Möbelstücke und beantwortete geduldig unsere Fragen. Liams Miene konnte ich entnehmen, dass er bereits mit dem einen oder anderen Teil liebäugelte und mir entging ebenfalls nicht, dass er hin und wieder prüfend auf die Preisschilder schielte. Das Limit allerdings, welches ich ihm genannt hatte, war tatsächlich meine absolute obere Schmerzgrenze und ich war mir sicher, dass Liam mit seiner Auswahl nicht annähernd daran kratzen würde.

Nachdem wir den gesamten Showroom einmal abgelaufen waren, führte George uns zu einer ruhigen Ecke und ließ uns mit zwei Tassen Kaffee, ein wenig Gebäck und Unterlagen zu Liams Lieblingsstücken allein. Die Mappen, die er uns ausgehändigt hatte, zeigten neben den genauen Maßen der Möbel auch alternative Material- und Farbauswahlen, Kombinationsmöglichkeiten und einige Fotos, sodass wir den Showroom nicht zwingend ein weiteres Mal durchkämmen mussten.

Die Möbel, mit denen Liam liebäugelte, gefielen auch mir und passten in meinen Augen gut zur restlichen Einrichtung meines Hauses. Auch preislich waren sie im Rahmen. Ich würde ihm also guten Gewissens freie Hand bei der Auswahl lassen können.

Liam allerdings schien sich mit einer finalen Entscheidung schwerzutun. Immer wieder schob er die Bilder hin und her, legte mal das eine Bett neben den Schrank, dann wieder das andere, tauschte den potenziellen Schrank aus und wieder zurück. Amüsiert betrachtete ich sein Tun, genoss es einfach, mit ihm hier zu sitzen.

»Wenn du dir unsicher bist, bitte ich George, uns eine Mappe zusammenzustellen, die wir mitnehmen können«, schlug ich nach einer Weile vor, »dann kannst du Rizzo die Bilder zeigen.«

Zu meiner Überraschung schüttelte Liam entschieden den Kopf. »Nein, ich will das heute aussuchen. Soll ja 'ne Überraschung für Rizzo sein.«

»Ach?« Belustigt zog ich die Brauen hoch und nahm den letzten Schluck von meinem Kaffee. »Dann soll ich Rizzo später nicht anrufen?«

»Doch, er kann ja wissen, dass wir hier waren. Aber er soll die Möbel erst sehen, wenn sie geliefert wurden.«

»Verstehe.« Ich rückte mit meinem Stuhl näher an ihn heran, um die Bilder, die er vor sich auf dem Tisch aufgefächert hatte, genauer betrachten zu können. »Was grübelst du?«

»Ich finde dieses Bett hier total toll, mit diesen Nachttischchen«, er deutete auf die entsprechenden Fotos, »aber da passt dieser Schrank nicht so recht dazu. Vielleicht besser der hier? Aber da stört mich, dass er dreitürig ist. Das macht den Raum so voll.«

Nachdenklich betrachtete ich die Komposition, suchte in der Mappe nach den Detailmaßen. »Ich werde George fragen, ob sie den Schrank auch als Zweitürer liefern können. Bislang hat er mir noch jeden Extrawunsch möglich gemacht.«

»Aber dann ist es bestimmt teurer.«

»Aber wir bewegen uns noch weit unter Limit.«

»Das man ja auch nicht ausreizen muss.«

Lachend griff ich an Liams Kinn und drehte seinen Kopf zu mir, streifte mit meinen Lippen über seine und schauderte wohlig, als er den Kuss vertiefte.

»Okay, dann«, er zog die entsprechenden Bilder heran, »hab ich mich entschieden, glaube ich.«

»Glaubst du oder bist du dir sicher?«

Er sah mich einen langen Moment grübelnd an. Dann schlich sich mit einem Mal ein neckisches Schmunzeln auf seine Lippen. »Ich bin mir sicher«, meinte er und neigte sich erneut zu mir, schob seine Hände auf meine Oberschenkel. Von unten herauf blinzelte er mich an und biss sich in einer gespielt verschüchterten Geste auf die Unterlippe, für die ich ihn gerne hier und jetzt geküsst hätte. Intensiv und drängend dieses Mal. Mehr noch, als er wisperte: »Kaufst du mir das hier, Daddy?«

~*~*~*~

Die rund 30-minütige Autofahrt vom Süden San Franciscos ins Stadtzentrum hinein nach Nob Hill wurde für mich zur nervlichen Zerreißprobe. Und Schuld daran war der Kerl, der neben mir auf dem Beifahrersitz saß und mit seinen stets leicht verwuschelten Haaren, dem zurückhaltenden Lächeln und der Art, wie er die Hände in seinen Schoß gelegt hatte und die Finger unruhig ineinander wand, so unglaublich hinreißend war. Hinreißend und anziehend auf eine gleichsam emotionale wie sexuelle Weise.

In meiner Brust klopfte mein Herz voller Zuneigung, in meinem Unterleib pochte dringliche Erregung. Seit wir *Giorgi Bros* Showroom verlassen hatten und Liam mir draußen auf dem Parkplatz um den Hals gefallen war, wollte ich nichts mehr, als ihn an mich ziehen. Ausziehen. Ihn halten, nehmen und … lieben.

Dabei war es weniger die Art, wie er mich mit seiner gespielt unschuldigen Geste und seinen geflüsterten Worten provoziert hatte, die mich nun nicht mehr zur Ruhe kommen ließ. Zweifellos, es machte mich an, wenn Liam sich auf diese Art gab, doch letztlich waren Gesten wie diese nichts weiter als bewusst eingesetzte Provokation. Etwas, das er sich in den letzten Monaten rasch von

Rizzo abgeschaut hatte und mittlerweile gezielt einsetzte, um mich zu reizen – wenn auch seltener und weniger offensiv, als Rizzo das tat. Doch all das war ein Spiel. Ein erregendes, jedoch kontrollierbares.

Was ich allerdings weit weniger kontrollieren konnte, waren meine Emotionen, wenn Liam nicht spielte, sondern sich einfach so unbefangen und gelöst gab, wie er es meist nur in Rizzos Gegenwart war. Wenn er für kurze Momente vergaß, dass ich ihm in seinen Augen überlegen war. Wenn er mir lachend um den Hals fiel, ganz egal, wer uns dabei zusah und er mich anstrahlte, als hätte ich ihm gerade das größte Geschenk auf Erden gemacht. In diesen Momenten war ich eines ganz sicher nicht: ihm überlegen. Vielmehr war *er* derjenige, der mich in diesen Augenblicken sprachlos machte. Mir die Entscheidungsgewalt darüber, wie ich reagieren und was ich tun sollte, aus den Händen nahm, indem er mich unwissentlich mit seiner Leichtigkeit mitriss. Es lediglich mit seinem Strahlen fertigbrachte, dass ich mich schwerelos und damit eben auch haltlos fühlte. Und mir im nächsten Moment die Zügel zurück in meine Hände gab, einfach indem er nicht ahnte, was er in mir anrichtete. Indem er weiterhin still darauf vertraute, dass ich ihn leitete und mir genau mit diesem Urvertrauen die Sicherheit gab, die ich brauchte, um für ihn stark zu sein.

Während ich meinen Wagen durch die zur Nachmittagszeit dicht befahrenen Straßen von Friscos Zentrum steuerte, ging mir zum wiederholten Mal durch den Kopf, welche Gedanken Rizzo mir vor einigen Wochen in einem zweisamen Moment anvertraut hatte: Liams Weichheit und sein tiefes Vertrauen, welches er in die Hände jener Menschen legte, die ihm am meisten am Herzen lagen, könnte in den falschen Händen seelenverletzende Folgen haben.

Im ersten Moment hatte ich Rizzos Aussage für überdramatisch gehalten. Denn Liam war weder blöd noch naiv. Er war intelligent und smart und er tendierte eher dazu, mögliche Negativ-Konsequenzen mehrfach abzuwägen, als sich unbedacht in eine für ihn nur schwer überschaubare Situation zu stürzen. In meinen Augen lief er nicht in besonderem Maße Gefahr, an *›die falschen Liebhaber‹* zu geraten, da er eher zu vorsichtig, denn zu impulsiv agierte. Allerdings, so musste ich mir eingestehen, war es vergleichsweise einfach, Liams Vertrauen – und mehr noch: seine Hingabe – zu gewinnen, wenn man erst durchschaut hatte, wie er tickte, und man ihm das Gefühl gab, sicher zu sein.

Und wiederum zu wissen, zu spüren, dass er eben jenes Vertrauen und eben jene Hingabe nicht nur Rizzo, sondern inzwischen auch *mir* entgegenbrachte, riss in Momenten wie diesem in mir. Ließ mich einerseits voll warmer Zuversicht und andererseits voll aufwühlender Erregung zurück. In *meinen* Händen würde Liam nicht zweifeln müssen, keine einzige, verdammte Sekunde lang. Auch nicht und erst recht nicht, wenn das für mich bedeutete, Grenzen eisern aufrechtzuerhalten, an denen er mit seinem unbedarften Strahlen rüttelte und kratzte.

In Gedanken versunken stieg ich hinter Liam die wenigen Stufen durch den Kellergang meines Hauses bis zur eigentlichen Eingangstür hinauf. Liam war bereits vorausgeeilt und wartete oben auf mich, sah mir erwartungsvoll entgegen. Sein prüfender Blick auf die Wanduhr im Wohnzimmer, welche man vom Eingangsbereich aus einsehen konnte, bestätigte mir, dass er sich gerade ausrechnete, ob Rizzo in der Zwischenzeit wohl mit dem Shooting fertig und erreichbar sein könnte. Mir war klar, dass Liam trotz der Sprachnachricht, in der er Rizzo das Wichtigste vom vergangenen Abend bei seinen Eltern erzählt hatte, noch Einiges auf der Zunge brannte. In mir jedoch brannte auch etwas. Dringlich.

»Liam.«

Er wandte sich mir zu, seine Schuhe hatte er bereits ausgezogen, sodass er barfuß und nur noch mit über die Knöchel hochgekrempelter Jeans und dünnem Shirt im Flur stand. Sein Blick schweifte flüchtig über mich, ehe er dem meinen direkt begegnete. Ich registrierte die kaum merkliche Röte auf seinen Wangen, die vermutlich weniger der Aufregung über den zurückliegenden Möbelkauf als vielmehr einer ganz ähnlichen Gefühlsregung wie der meinen geschuldet war.

»Ich … wollte Rizzo anrufen«, brachte er leicht atemlos hervor, kam jedoch im selben Moment einen Schritt auf mich zu. »Vielleicht ist er schon fertig mit dem Shooting, aber … wir könnten auch …« Er ließ den Satz unvollendet, sah stattdessen zu mir, augenscheinlich darauf wartend, was ich tun würde.

Ich nahm mir die Zeit, mir ebenfalls die Schuhe abzustreifen, den Schlüsselbund ordentlich an einen der dafür vorgesehenen kleinen Haken neben der Garderobe zu hängen. Aus dem Augenwinkel behielt ich Liam im Blick, registrierte, dass er auf der Innenseite seiner Wange kaute. Seine Finger bewegten sich leicht an seinen Seiten, glitten wie zufällig über den Stoff seiner Jeans.

»Wir könnten was?«, hakte ich schließlich nach und fixierte ihn wieder direkt, befahl ihn mit einem auffordernden Blick näher zu mir. Wenn ich etwas an Liam liebte, dann unter anderem, dass er fähig war, kleinste wortlose Gesten zu lesen und ihnen hingebungsvoll Folge zu leisten. Etwas, das Rizzo sehr wohl ebenfalls konnte, aber eben nicht immer tat – absichtlich. Wo Rizzo provozierte, um klare Ansagen und die eine oder andere Strafe zu kassieren, nur um sich schlussendlich vollumfänglich in meine Arme fallen zu lassen, war Liam von Anfang an voller Hingabe. Saugte kleinste Berührungen und ermutigende Worte in sich auf, wohingegen Rizzo es liebte, auf spielerische Weise meine Grenzen auszutesten.

Direkt vor mir stehend sah Liam zu mir hoch. Uns trennten nur wenige Zentimeter, aber eben doch genug, dass er unter einigen verirrten Haarsträhnen hinweg zu mir hinauf blinzeln konnte. Zaghaft schob er seine Hände auf meine Taille, eine weiter nach oben auf meine Brust. Er lächelte, als seine Finger an der Stelle liegen blieben, an der er mein Herz hämmern spüren konnte.

»Wir könnten … miteinander schlafen. Ich hab Lust auf dich, Keith.«

Seine leisen, aber so grundehrlich hervorgebrachten Worte und die Art, wie er meinen Namen murmelte, elektrisierten mich mehr als jedes gewisperte *›fick mich, Daddy‹* es in diesem Moment gekonnt hätte. Das hier war kein Spiel. Das hier war Liam, wenn er sich weit fort von allen

Zweifeln und Unsicherheiten einfach dazu hinreißen ließ, zu sagen, was er fühlte. Was er sich wünschte. Von mir.

Und wie hätte ich ihm verwehren können, worum er mich in diesem Moment auf so zarte Weise bat?

Ich überbrückte den letzten Abstand zwischen uns. Legte meine Hände um seine Wangen, im selben Augenblick, in dem er sein Gesicht dem meinen entgegenhob. Der Kuss war sanft und liebevoll, barg dennoch etwas von der unstillbaren Gier, die tief in mir brodelte und dafür sorgte, dass sich mein Schwanz bei der ersten Berührung unserer Lippen gegen den festen Stoff meiner Jeans presste.

Liam stöhnte ganz leise an meinen Lippen, gleich darauf ich in seinen Mund, als wir den Kuss intensivierten, ich meine Zunge gegen die seine drängte. Seine Arme fanden um meinen Körper, er hielt sich an mir fest. Ließ zu, dass ich ihn hochhob und quer durch den Flur und das Wohnzimmer trug. Seine Beine wickelte er um mich, schmiegte sich an mich. Das und wie sich sein in der Jeans eingesperrter Schwanz gegen meinen Bauch drückte, zeigte überdeutlich, wie sehr auch er wollte, was folgen würde.

Das Gesicht an meinem Hals vergraben, zog Liam eine Spur fiebriger Küsse über meine Haut, seine Finger waren in meinem Haar und meiner Schulter verkrallt. Doch dann hielt er inne, sein Kopf ruckte hoch, womit er auch mich ins Wanken brachte.

»Keith … warte.«

Wenige Schritte von der Treppe ins Obergeschoss entfernt blieb ich stehen. »Was ist? Hey, sieh mich an.«

Liam tat es und ich nahm erleichtert wahr, dass er es mir auch in diesem Moment leicht machte, ihn zu lesen. In seiner Miene rangen Erregung und Verlegenheit einen bezaubernden Kampf miteinander.

»Sag's mir«, forderte ich leise, während ich ihn zurück auf den Boden stellte, ihn jedoch weiter festhielt, »sag mir, was dir durch den Kopf geht.«

Sein Blick glitt an mir vorbei, schien nach einem Fixpunkt im Raum zu suchen und ihn schließlich zu finden. Seine Augen weiteten sich, seine Lippen formten einen verführerischen Spalt. Himmel, wusste Liam eigentlich, wie hinreißend und heiß er aussah, wenn Lust und Scham in ihm rangen?

»Ich … will, dass du mich nimmst, Keith … da drüben …«

Scharf sog ich den Atem ein, folgte seiner Blickrichtung. Seine Worte schienen Schauer einem Lavastrom gleich durch meine Lenden zu schicken.

»Du willst es auf dem Esstisch machen, ja?«

Liam nickte heftig, senkte im selben Moment den Blick. Kurz jedoch nur, ehe er mich wieder direkt ansah. Hörbar zittrig Luft holte, als ich eine Hand hob und an sein Kinn legte, mit dem Daumen über seine Lippen strich.

»Wie lange fantasierst du schon davon, hmm?«

»Schon eine Weile«, gestand er zögernd. »Ich … find's total schön, wenn wir … im Bett Sex haben oder … auf dem Sofa, aber …«

»Aber?« Ich wusste, dass ich ihn mit meinen Nachfragen verunsicherte und herausforderte. Doch wie hätte ich es nicht tun sollen bei der Art, wie er mit sich rang und sich am Ende doch überwand. Mich stolz machte.

»Aber ich … stell's mir ziemlich heiß vor, wenn du … da vor mir stehst und … mich fickst.«

Langsam stieß ich die Luft durch die Nase aus, streichelte ebenso langsam an Liams Seiten hinauf, nahm dabei den dünnen Stoff seines Shirts mit, unter dem seine Haut zu glühen schien. Mein Kuss auf seinen einladend nach Atem ringenden Mund war sein Zeichen, mich ebenfalls anzufassen und auszuziehen. Gegenseitig entledigten wir uns Stück für Stück unserer Kleidung, während ich Liam mit meinem Körper rückwärts dirigierte. So weit, bis er gegen die Tischkante stieß. Der Kontakt ließ ihn zusammenzucken, doch ganz sicher eher vor lustvoller Erwartung denn vor Schreck. Ich konnte sehen, wie er den Atem anhielt, gleich darauf keuchte, als ich ihn packte, hochhob und rücklings auf der Tischplatte zurückstieß. Ich richtete mich auf, streichelte mit beiden Händen über seinen Körper, der gespannt vor mir lag, sich meinen Berührungen entgegenstreckte. Stumm nach mehr bettelte. Oder doch nicht ganz stumm. Liam seufzte leise, flüsterte meinen Namen. Und ich versank in seinem Anblick, drückte seine Beine an den Oberschenkeln nach oben und auseinander, sodass ich alles von ihm sehen konnte. Ich ließ mir Zeit mit meiner Betrachtung, streichelte lediglich mit den Fingerspitzen einen Weg von Liams Brustbein hinab, über seinen flachen Bauch, an dem sich unweigerlich die Muskeln spannten. Weiter über die Unterseite seines Schwanzes, der prall auf seinem Unterbauch lag und dem schwachen Reiz meiner Fingerkuppen entgegenzuckte. Ich spürte die Lust, die gierige Vorfreude durch meinen eigenen Körper rinnen und hätte noch Minuten so dastehen können: nackt und mit pochendem Verlangen im Unterleib, jedoch ohne diesem nachzugeben.

Liams Hände indessen wanderten rastlos über die Tischplatte, suchten nach Halt oder irgendetwas anderem. Mit einem Keuchen auf den Lippen klammerte er schließlich eine Hand um die Tischkante, ballte die andere an seiner Seite zur Faust, als ich seinem wortlosen Bitten endlich nachgab. Mit leicht geöffneten Lippen strich ich über seinen Schwanz, küsste seine Hoden. Wiederholte die Prozedur, reizte ihn dieses Mal mit der Zunge und glitt noch tiefer. Liam hielt den Atem an, verspannte sich kurz, als ich seinen Damm entlangleckte und mit der Zungenspitze vorsichtig um seinen Eingang kreiste. Im nächsten Moment jedoch entwich sein Atem in einem Stöhnen seinem Mund, die Anspannung floss aus seinem Körper. Kehrte zurück, dieses Mal allerdings offensichtlich nicht Schrecken, sondern steigender Ekstase geschuldet.

»Keith, nicht … nicht aufhören …«

Ich hatte nicht vorgehabt, das zu tun. Nicht, wenn Liam sich wohlfühlte mit dem, was ich tat. Es hatte einige Zeit benötigt, doch inzwischen liebte er es, von mir – oder auch von Rizzo – an solch intimen Stellen mit dem Mund verwöhnt zu werden. Vorausgesetzt er war sich in Momenten wie diesen über seinen eigenen Körper sicher.

Lächelnd glitt ich zurück zwischen seine Pobacken, berührte ihn dieses Mal fordernder mit meiner Zunge und saugte seine zustimmenden Laute in mich auf. Mit einer

Hand hielt ich ihn für mich geöffnet, mit der anderen umschloss ich mich selbst, um wenigstens ein bisschen des gierigen Drucks zu nehmen. Liams wimmernde Laute, sein keuchender Atem, sein Geschmack, sein Geruch und nicht zuletzt seine Hand, die immer wieder fahrig mein Haar berührte, leicht hineingriff, ehe er sie wieder um seinen Schwanz legte oder nach seinen Eiern griff, zerrten auf brennende Weise an meiner Selbstbeherrschung. Zu spüren, wie er unter meinem Mund zunehmend locker wurde, macht es mir so unendlich schwer, die für ihn notwendige ruhige Bestimmtheit beizubehalten.

Ein letztes Mal leckte ich mit breiter Zunge über sein Loch, spürte den Muskelring sehnsüchtig zucken, ehe ich mich wieder aufrichtete und auf Liam herabsah. Er begegnete meinem Blick aus lustverhangenen Augen, tiefes Vertrauen spiegelte sich in seiner Miene. Ich würde es nicht enttäuschen. Niemals.

»Bleib genau so liegen.«

Er nickte atemlos, sah mir nach, ich konnte seine Blicke auf meinem Rücken brennen spüren. Mit wenigen Schritten war ich an der TV-Wand, zog eine der Schubladen auf und griff zielsicher nach der Tube Gleitgel. Die Kondome blieben unbeachtet liegen, wir alle drei hatten sie bereits vor Wochen aus unseren gemeinsamen Intimitäten verbannt. Rizzo nahm aufgrund der Drehs seit Jahren PrEP, für Liam und mich gab es keine anderen Sexualpartner. Ich vertraute meinen beiden Jungs und gab ihnen selbst nie Anlass, an mir zu zweifeln.

Die Tube in meiner Hand nahm Liam mit gerunzelter Stirn zur Kenntnis, doch ich würde mich von ihm nicht beirren lassen. Ich wusste, dass es – obwohl er viel selbstsicherer war, als noch zu Beginn unserer Beziehung – noch immer diese kleinen Momente gab, in denen er sich im Stillen mit Rizzo verglich. Und vielleicht war sein Wunsch, sich auf dem Tisch liegend vögeln zu lassen, auch ein wenig diesem Vergleich geschuldet. Es war keine Rivalität, die zwischen den beiden herrschte, vielmehr schlug stellenweise Liams Bewunderung für Rizzo durch. Doch ich würde ihn sicher nicht mehr oder weniger schätzen, weil er in vielerlei Hinsicht so ganz anders war als mein Boy. Und ich würde es nicht riskieren, ihm wehzutun. Mit Rizzo war es anders. Er hatte Erfahrung, kannte seinen eigenen Körper bis ins kleinste Detail.

Ich neigte mich über Liam und er kam mir entgegen, ließ mich den letzten Hauch Widerspruch fortküssen. Sacht verrieb ich das Gel an seinem Eingang, drang mit zwei Fingern ein, stöhnte überrascht und erregt, weil Liam mir in die Lippe biss. Ruckartig löste ich mich aus dem Kuss, trat einen Schritt zurück, sodass Liam mir zusehen konnte, wie ich mit einem weiteren Spritzer Gel meinen Schwanz für ihn vorbereitete. Aus seiner Miene sprachen Lust und Hingabe, die vage Unsicherheit war wie fortgewischt.

»Bist du bereit, Liam?« Meine eigene Stimme kratzte in meiner Kehle, sorgte für eine Gänsehaut auf Liams Körper. Er nickte heftig, biss sich auf die Unterlippe. Eine Hand hatte er um seinen Schaft geschlossen, mit dem Daumen verrieb er fahrig die Lusttropfen auf seiner Eichel.

»Antworte.«

»Ja … Gott, Keith, ja … Ich will dich spüren, bitte.«

Ich ließ es mir nicht nehmen, einmal mit den Lippen seine Fingerknöchel zu streifen, über seine feuchte Penisspitze zu lecken, seinen salzigen Geschmack auf meiner Zunge zu genießen. Mein eigener Schwanz pochte in meiner Hand, ich sehnte mich nach Liams heißer Enge um mich, nach seinem Körper, der sich vor mir winden würde, sobald ich ihn vereinnahmte. In mir herrschte Aufruhr und doch zwang ich mich dazu, beherrscht und äußerlich ruhig nach ihm zu greifen. Nur um ihn dann mit einem Ruck noch weiter an die Tischkante zu ziehen. So weit, dass sein Po in der Luft hing und gleich nur von meinen Händen und den Stößen meines Beckens gehalten werden würde.

»Fuck … Keith …«

Genüsslich rieb ich meine Schwanzspitze durch seine Spalte, übte Druck gegen den Muskelring aus, jedoch ohne in ihn einzudringen. »Was, fluchst du etwa? Ich will gleich noch viel mehr von dir hören, verstanden?«

»Ja … ja, bitte … mach!«

Noch während er die Worte atemlos hervorstieß, schob ich mich in ihn. Langsam, aber stetig. Hielt ihn an den Hüften gepackt und verhinderte so, dass er sich zu sehr wand. Dennoch wölbte sich sein Körper, er drückte den Kopf in den Nacken, keuchte seine Lust heraus.

»Gut so, Liam. Himmel, du fühlst dich so gut an.«

Er schien zu keinen Worten mehr fähig, wimmerte nur und schrie leise auf, als ich begann, in ihn zu stoßen. Nicht unkontrolliert hart, aber dennoch fester und kompromissloser, als ich es für gewöhnlich mit ihm tat. Jeder

Stoß, jede Bewegung, mit der ich mein Rohr in seinen Arsch trieb, ließ mich an der Grenze meiner Selbstbeherrschung taumeln. Aber ich durfte nicht … würde nicht die Kontrolle verlieren. Nicht bei Liam, nicht bei diesem Goldstück. Und auch nicht bei Rizzo, meinem Boy. Weil die beiden das Beste waren, was mir hätte passieren können. Jeder auf seine Art besonders und zusammen … perfekt.

Perfekt!

Das Wort kreiste bei jedem meiner Stöße durch mein Bewusstsein. Schien lauter und lauter in meinen Ohren zu hallen, während ich Liam und auch mich selbst immer weiter auf den Höhepunkt zupeitschte. Für einen Moment ließ ich den Kopf in den Nacken fallen, schloss die Augen. Erlaubte es mir, mich von meiner Geilheit und Liams Hingabe mitreißen zu lassen. Kurz nur, ehe ich mich zwang, ihn wieder anzusehen. Und sein Anblick war es, der mir die Selbstbeherrschung aus den Händen riss und gleichzeitig dafür sorgte, dass ich ihn doch nie aus den Augen verlor.

Die Welt um uns herum schien verblasst und im selben Moment alle meine Sinne überscharf. Ich spürte die Schweißtropfen, die über meinen Nacken, meine Schläfen und meine Lenden rannen, jeden Millimeter von Liams Innerem um mich. Den Druck seiner Schenkel, als er diese um mich klammerte und mich damit noch tiefer in sich zog. Sein Unterleib wölbte sich mir entgegen. Sein Schwanz zuckte bei jedem meiner Stöße auf seinem Bauch, die Hände hatte er längst beide um die Tischkante geklammert. Leise Schreie drangen über seine Lippen, sein Mienenspiel ein herrlich verzerrtes Abbild seiner Ekstase.

Mein eigener Atem ging schwer, meine Beine zitterten von der Anstrengung, doch weder konnte noch wollte ich innehalten. Wollte nicht aufhören mit dem, was ich Liam gab und niemals zurückweisen, was er mir schenkte: seine Hingabe, seine Lust. Erst zögerlich, dann in Schüben spritzte sein Saft hervor. Die Hände noch immer an der Kante verkrallt schoss Liams Kopf nach oben. Aus aufgerissenen Augen sah er sich selbst dabei zu, wie er abspritzte. Keuchend, während ich ihn weiter fickte. Ich biss die Zähen aufeinander, war selbst kurz, so verdammt kurz davor.

»Liam!«

Sein Blick ruckte zu mir, der meine zu seinem Unterleib, geziert von weißlichen Spuren, zu seinem Schwanz, der hart wie zuvor bei jedem Stoß gegen seine Haut rieb.

»Liam, fass dich an.« Ich stieß die Worte heftig atmend zwischen zusammengepressten Zähnen hervor. »Komm noch mal.«

»Was?« Er keuchte. In seinen Augenwinkeln schwamm Feuchtigkeit, sein schlanker Leib glänzte von Schweiß.

»Ich will, dass du noch mal kommst. Mit mir. Und dieses Mal richtig.«

Er verstand nicht, ich sah es ihm an. Er wusste vermutlich schlicht nicht, worin der Unterschied lag, wirklich zu kommen und lediglich durch Druck auf die Prostata abzuspritzen. Aber er würde es verdammt noch mal spüren. Und er tat, was ich verlangte. Packte seinen prallen Schaft und rieb ihn im Rhythmus meines Beckens. So lange, bis ich mich mit einem knurrenden Laut in der Kehle noch einmal in ihn trieb. Tief in ihm verharrte und meine Ladung in ihn pumpte. Nahezu im selben Moment drang Liams Schrei an meine Ohren – überrascht, voller Lust. Erneut perlte Sperma aus seiner Spitze, floss in zähen Schlieren über seinen Bauch, aus seinen Augenwinkeln rannen Tränen. Sein Kopf kippte zur Seite, er blinzelte flattrig. Atmete flach und schnell, aber regelmäßig. Ich wagte es nicht, mich jetzt aus ihm zurückzuziehen, ihn zusätzlich zu reizen. Stattdessen neigte ich mich über ihn, so weit es eben ging, küsste seine Schultern, die flachen Brustmuskeln, einen Nippel. Spürte sein schwaches Beben unter mir und wie er ganz langsam zur Ruhe fand. In mir selbst tobte noch der Sturm des Höhepunktes, mehr noch, als Liam träge den Kopf wandte.

»Scheiße«, wisperte er kaum hörbar, »oh, Scheiße.« Ein Glucksen verließ seinen Mund, gleich darauf ein Zischen, weil ich mich nun doch aus ihm zurück und ihn an mich zog. Ihn mit kraftlosen Armen und noch viel kraftloseren Beinen hochhob und stolpernden Schrittes hinüber zum Sofa trug. Mich mit ihm gemeinsam darauf legte.

Mit einem tiefen Seufzen vergrub er sein Gesicht an meiner Brust, sein Atem strich zunehmend kühl über die schweißfeuchten Härchen und meine Haut. Schürte ein Kribbeln und Wärme gleichermaßen. Mit scheinbar letzter Kraft hob er den Kopf, gerade so weit, dass ich ihn küssen konnte, was ich auch tat. Kleine, sanfte Küsse auf seine Lippen und sein Kinn.

»Keith?« Er wisperte nur. »Ich liebe dich.«

Erneut zog ich ihn an mich, ganz fest. Barg seinen Kopf in meiner Halsbeuge und vergrub selbst die Nase in seinem Haar.

»Ich liebe *dich*, Liam.«

Er schauderte, ganz leicht nur, und vermutlich auch sich langsam anschleichender Kälte geschuldet. Seine Lippen streiften meine Haut, als er murmelte: »Und Rizzo.«

Lächelnd drückte ich einen Kuss in sein Haar. »Ja. Und Rizzo.«

~~~ Rizzo ~~~

»Okay, Jungs, wir haben's!« Tracys begeisterter Ausruf ging in Jubel unter. Binnen zweier Sekunden waren wir allesamt von unseren Positionen aufgesprungen. Elliot, der sich neben mir auf den Laken gerekelt hatte, war der Erste, der mich in seine Arme schloss. Zeitgleich fühlte ich irgendeine Hand an meinem Arsch. Carter? Jeremy? Es war gleichgültig in diesem Moment.

»Danke, Jungs, ihr wart großartig!« Dave trat mit einem breiten Grinsen auf dem Gesicht hinter der Kamera hervor, streckte einen Arm aus und zog seine Frau an sich. Über Elliots Schulter hinweg fing ich Tracys Zwinkern ein. In Momenten wie diesen fühlte sich unsere gar nicht mal so kleine CC Cocks-Familie wie ein Zuhause an.

Elliot löste sich von mir, wurde von Devin in ein flapsiges Gespräch verwickelt. Von hinten schlichen sich Arme um meine Hüften, ich fühlte mich rücklings an einen mir vertrauten Körper gezogen. Zeitgleich streifte mein Blick den Carters, der mir schräg gegenüberstand. In seiner Miene zeigte sich eine gewisse Härte, mit der er mich früher nie angesehen hatte, was an der Ahnung liegen mochte, dass ich seine Umarmung abgewehrt hätte. Carter und Rizzo – auch wenn es nur um geilen Sex fernab der Kameras gegangen war, wir waren Geschichte. Jay und Rizzo hingegen … das war Liebe für immer.

Lachend drehte ich mich in Jays Umarmung, schmiegte mich an ihn und schnurrte ihm verspielt ins Ohr: »Mmh, Babe … was spüre ich da, haben dich die ganzen halbnackten, eingeölten Körper um uns herum angemacht?«
~~~

Im Grunde war es eine rhetorische Frage und ich war mir ziemlich sicher, dass auch Jay nicht entging, wie mein halb erigierter Penis die engen roten Pants dehnte. Vermutlich ging es 90 Prozent der Kerle hier so und für die Fotos konnte es Dave und Tracy nur recht sein. Ein halbsteifer Schwanz im knappen Höschen sah nun mal besser aus als eine unspektakuläre Lümmelbeule.

»Als ob du gerade nicht scharf wärst«, neckte Jay mich und drückte mir einen feuchten Kuss auf den Mundwinkel. »Sunnyboy, wenn wir noch Single wären …«

»Hör auf!« Noch immer lachend löste ich mich von ihm. Unsere Darstellerkollegen verstreuten sich langsam. Jeremy und Devin quatschten noch mit Dave, während Tracy sich bereits daran machte, die Sicherungskopien zu ziehen. Die übrigen Kerle verschwanden entweder in Richtung der Duschen oder direkt nach draußen, um in den Pool zu springen. Ein wenig freie Zeit blieb uns noch, ehe wir am Abend mit den Vorbereitungen für die große Poolparty am Samstag beginnen würden.

Wie jedes Jahr war das CC Cocks-BBQ bereits Wochen im Vorhinein als eines der Highlights der amerikanischen Gay-Porn-Industrie angekündigt worden. Und das, obwohl – oder gerade weil? – neben den festen Darstellern des Labels nur ein kleiner, ausgewählter Personenkreis anwesend sein würde. Dazu nur sehr, sehr wenige Vertreter der einschlägigen Presse. Allesamt uns bekannte Gesichter, von denen Dave sich sicher sein konnte, dass sie gewiss das eine oder andere sehr brisante Foto veröffentlichen, aber keine Schlammschlacht heraufbeschwören würden – außer natürlich, irgendeiner von uns benahm sich gründlich daneben. Bislang waren unsere Sommerfeste aber stets im Rahmen geblieben. Viel nackte Haut, der eine oder andere Tropfen Alkohol und ab und an auch nicht jugendfreie Spielchen vor den Kameras der Presse, jedoch alles skandalfrei.

»Kommst du mit?«

Noch ehe ich antworten konnte, hatte Jay mich bereits gepackt und zog mich mit sich hinaus und über die weitläufige Terrasse. Kaum spürten wir Gras unter unseren Füßen, fingen wir an uns zu kabbeln wie kleine Jungs, bis ich Jay schließlich auf den Rücken sprang und er mich huckepack zum Pool hinübertrug. Peaches tobte bellend um uns herum, wurde jedoch gleich darauf von Leroy und einem geworfenen Ball abgelenkt. Begleitet von Pfiffen unserer Kollegen sprang Jay mit mir in den Pool.

Prustend tauchten wir wieder auf, bespritzten uns gegenseitig mit Wasser. Herrliche Kühle im Kontrast zu unserer verschwitzten und von Öl glitschigen Haut. Ich setzte gerade dazu an, zu Jay zu schwimmen, um zu versuchen, ihn unterzutauchen, als ich meinerseits gepackt wurde. Aus dem Augenwinkel sah ich gerade noch Elliots schwarz gelockten Wuschelkopf, ehe ich auch schon gänzlich vom Wasser eingehüllt wurde. Kurz nur tunkte er mich unter, streckte mir die Zunge heraus. Ergriff dann aber doch die Flucht, als ich wieder auftauchte und mich mit einem Kampfschrei auf ihn stürzte.

Minutenlang tobten wir durch den Pool. Selbst, als wir schließlich vollends außer Atem waren, hatte Elliot offenbar noch nicht genug. In Leroy fand er sein nächstes Opfer, indem er diesen einfach am Bein packte und vom

Poolrand zu sich ins Wasser zerrte. Jay und ich indessen schwammen in ruhigeren Zügen zum Beckenrand, verschränkten die Arme und ließen uns sanft von den leichten Wellenbewegungen hin und herwiegen.

»Teilst du dir eigentlich dein Zimmer mit jemandem?«

Von der Seite blinzelte ich Jay zu, der sich soeben die nassen Haare aus der Stirn strich, und schüttelte den Kopf. »Nee, Elliot pennt bei Devin. Ich glaube, die beiden sind seit ein paar Wochen die neuesten Fuckbuddys.«

»Echt? Devin? Ich dachte, der ist verheiratet und lebt abgesehen von den Drehs monogam.«

»Keine Ahnung.« Ich zuckte mit den Schultern und legte mein Kinn auf meinen verschränkten Unterarmen ab, beobachtete Peaches dabei, wie sie sich hingebungsvoll grunzend im Gras hin und herwälzte. »Ich hab es munkeln hören, dass sein Mann fremdgegangen ist. Frei nach dem Motto: *Wenn mein Partner Pornos dreht, kann ich mich ja durch die Clubs huren.* Weiß nicht, ob's stimmt und im Grunde ist es mir auch egal, ich hatte mit Devin nie groß was zu tun.«

»Hmm, würde zumindest erklären, warum er sich plötzlich quer durch die Mansion fickt. Ich hab ihn gestern mit Jeremy gesehen und das sah nicht nach *nur quatschen* aus. Waren ziemlich touchy miteinander.«

»Ach?« Ich grinste Jay schief von der Seite an, im selben Moment weckten seine Worte jedoch ein Rumoren in meinem Bauch. »Du meinst, so touchy wie wir beide?«

»Du weißt, was ich meine. Wir fassen einander vielleicht an, aber wir vögeln nicht. Oder nicht mehr. Devin war bisher nie so. Die Drehs mit ihm sind scheiße heiß, aber außerhalb dessen hat er nie jemanden von uns angefasst.«

»Hmm …« Ich drehte mich halb im Wasser, sodass ich mit einem Arm am Poolrand zu Elliot hinüberschauen konnte, der sich inzwischen mit Leroy auf eine der Sonnenliegen verkrümelt hatte. »Ich hoffe, Elliot weiß, was er da macht.«

»Wieso sollte er nicht?«

»Ach komm, du kennst ihn doch.«

»Nicht so gut wie du, Sunnyboy. Was meinst du?«

»Ich weiß, dass er Devin heimlich ziemlich anhimmelt. Ich hoffe, Devin trampelt nicht auf ihm rum.«

Jay kommentierte meine Sorgen mit einem Brummen, während mein Blick weiter auf Elliot hing. Er war ein feiner Kerl, ich hatte ihn im letzten Jahr wirklich ins Herz geschlossen und ich wollte nicht, dass er verletzt wurde. Nicht von einem Mann, der gerade Ablenkung in belanglosen Ficks suchte.

»Apropos gebrochene Herzen«, meinte Jay mit gesenkter Stimme und lehnte sich leicht zu mir herüber, »ist dir aufgefallen, dass du unter Beschattung stehst?«

Ich musste meinen Blick nicht weiter an der Reihe aus Liegen entlangschweifen lassen, um zu wissen, von wem Jay redete.

»Von wegen gebrochenes Herz«, ich schnaubte, »es geht einfach nur um ein angekratztes Ego. Carter stinkt es, dass er nicht mal mehr temporär meinen Daddy spielen darf.«

Aus dem Augenwinkel nahm ich Jays kritischen Blick wahr. »Alles klar zwischen euch?«

Ich drehte mich wieder zurück, mit dem Rücken zu den Liegen, verschränkte erneut die Arme auf dem Poolrand. »Von meiner Seite aus schon. Wir hatten guten Sex, wir waren ein paar Mal aus, mehr nicht. Ich hab ihm gesagt, dass ich in festen Händen bin und das war's. Mal abgesehen davon, dass ich ihm keine Rechenschaft schuldig bin, verarscht Carter seinen Freund seit Monaten oder noch länger nach Strich und Faden. Auch wenn es Keith und Liam nicht gäbe, zwischen Carter und mir hätte nie was Ernstes entstehen können … aus Gründen. Er fickt gut und er ist ein witziger Typ, aber beziehungstechnisch ein Arschloch.«

»Mir musst du das nicht erklären. Ich hab nur das Gefühl, dass er sich mit deiner Abfuhr nicht zufriedengeben will.«

»Sein Problem. Komm, hör auf, ich hab keine Lust, über Ex-Affären nachzudenken. Dazu ist der Tag viel zu perfekt.«

»Und er wird gleich noch perfekter.« Verschwörerisch zwinkerte Jay mir zu und lenkte so meine volle Aufmerksamkeit zurück auf sich. »Also ist noch ein Plätzchen in deinem Bett frei, ja?«

»Hmm? Ach so, ja, warum?«

»Weeeiiil«, Jay zog das Wort dramatisch in die Länge, »Dale mir Ausgang erteilt hat und ich die beiden Nächte bis zum BBQ in der Mansion verbringen werde.«

»Echt jetzt?«

»Ja.«

»Uuuh, Baaabyyy, endlich wieder in einem Bett mit dir!«

Jay prustete und schnippte eine weitere Ladung Wasser in meinen Nacken. »Spinner!«

»Ich dich auch.« Dieses Mal war ich derjenige, der einen Kuss auf seine Wange drückte, ehe ich mich aus dem Wasser zog.

»Lässt du mich jetzt hier allein, huh?«

»Allerdings. Ich muss kurz rein, schauen, ob Liam sich gemeldet hat. Er war gestern bei seinen Eltern und wollte ihnen von Keith erzählen.« Von einer nahestehenden Bank schnappte ich mir eines der bereitliegenden Handtücher.

»Oh, dann erzähl mal nachher.«

»Mach ich. Wo hast du deinen Kram stehen? Dann nehm ich den gleich mit aufs Zimmer.«

»Bei Tracy im Büro. Danke, Sunnyboy.«

Ich warf Jay einen Luftkuss zu, ehe ich beschwingten Schrittes über den stoppelkurzen Rasen zur Mansion hinüberlief. Dabei spürte ich wohl die Blicke, die mir folgten, und wusste, dass es nicht in erster Linie Jays waren. Doch ich schob das nervig kribbelige Gefühl fort und freute mich lieber darauf, Liams Stimme zu hören. Ihn in weniger als 48 Stunden endlich wiederzusehen. Ihn und Keith.

~*~*~*~

Liam nahm nicht ab. Kurz überlegte ich, es auf Keiths Festnetz zu versuchen, aber am Nachmittag war es auch gut möglich, dass sie beiden zusammen unterwegs waren. Oder Keith bei der Arbeit und Liam in seine Unisachen vertieft. Er würde sicher zurückrufen, sobald er Zeit hatte.

Da mir noch immer Reste des Öls und auch ein paar Grashalme am Körper klebten, beschloss ich, erst mal duschen zu gehen. Mein Handy nahm ich extra mit und ließ es auf meinem Bademantel im Vorraum liegen. Mit ein wenig Glück würde ich das Klingeln über das Wasserrauschen hinweg hören.

Die übrigen Darstellerkollegen hatten ihre Körperpflege entweder schon hinter sich oder lümmelten draußen am Pool herum, wodurch ich die Nasszellen für mich allein hatte. Bis wir mit dem Aufbau für die BBQ-Party beginnen mussten, blieb mir noch eine gute Stunde, sodass ich mir die Zeit nahm, mir das Öl in aller Ruhe vom Körper zu waschen. Meinen Haaren gönnte ich eine Vitaminkur. Während diese einwirkte, stand ich mit gesenktem Kopf und geschlossenen Augen unter dem Wasserstrahl, ließ ihn mir auf Nacken und Schultern prasseln. Im Grunde war es draußen viel zu warm für eine heiße Dusche, dennoch genoss ich die Momente der Ruhe.

Die Tage in Tel Aviv waren großartig, aber auch anstrengend gewesen. Bei insgesamt vier Shows an zwei Abenden hatte ich als Mandy Licious auf der Bühne gestanden, hatte zwischendurch Fototermine und ein Interview mit einem israelischen Männermagazin abgearbeitet. Gestern erst war ich in New York angekommen – 22 Stunden Reisezeit, mit Zwischenstopp in Lissabon. Heute das CC Cocks-Shooting. Morgen würde der erste Tag seit über einer Woche sein, an dem ich mal ein wenig durchatmen konnte. Wir würden sicher noch einiges für das BBQ vorbereiten müssen, aber die restlichen Stunden würde ich einfach nur mit Jay am Pool herumliegen. Am Samstag die große Party und dann …

Ein Lächeln schlich sich breit auf meine Lippen, mir schien es, als könnte ich jeden einzelnen Wassertropfen über meine Haut rinnen spüren.

… dann würde ich mit Liam und Keith New York unsicher machen und anschließend nach Hause fliegen. Keith hatte sich das Wochenende und den Beginn der kommenden Woche frei genommen und würde daher noch einige Tage mit uns verbringen, ehe er wieder zurück nach Frisco musste. Doch selbst dann blieben Liam und mir noch einige Wochen, ehe sein nächstes Semester losging. Er und ich würden unseren ersten gemeinsamen Sommer definitiv auskosten, jeden zweiten Tag nach Malibu rausfahren. Abends zum El Matador, im Sand sitzen und zusehen, wie die Sonne hinter den Klippen versank. Uns dann hinter einige der Felsen zurückziehen und dort … Liebe machen?

Kichernd hob ich den Kopf, sodass mir das Wasser über die Haare lief, den Schaum ausspülte und mir in feinen Bächen übers Gesicht rann. Hätte mir jemand vor rund einem Jahr gesagt, ich würde einmal für einen Kerl wie Liam so kitschige Gedanken hegen, ich hätte ihn lauthals ausgelacht. Noch heute war es für mich manchmal schwer zu fassen, dass diese süße College-Romanze derartige Gefühle in mir auslöste, doch ich konnte und wollte es nicht bestreiten: Ich liebte Liam. Mit allem, was ich hatte. Ebenso wie ich Keith liebte. Und zu wissen, dass die beiden dasselbe füreinander empfanden, machte diese ganze Liebesgeschichte perfekt.

Noch einige Sekunden blieb ich unter dem Wasserstrahl stehen, rubbelte mir die letzten Reste Spülung aus den Haaren und strich mit flachen Händen über meinen Körper. Eigentlich um sicherzugehen, dass keine Ölreste geblieben waren, ein bisschen auch, um … Langgezogen stieß ich die Luft aus, umfasste mit sachtem Druck meinen Schaft. Ich war nicht hart, aber eben auch nicht abgekühlt. Ich kam jedoch auch nicht dazu, mich ernsthaft weiter anzufassen, denn das Duschwasser wurde mit einem Mal empfindlich kühl. Im Grunde nicht verkehrt bei den sommerlichen Temperaturen, aber dennoch nicht passend, wenn man sich gemütlich unter der Dusche einen runterholen wollte.

Kurzentschlossen drehte ich den Hahn zu – wie lange genau hatte ich hier gestanden, dass das Wasser nun kühl wurde? Vermutlich hatten heute einfach schon zu viele Leute ausgiebig in der Mansion geduscht.

Rasch trocknete ich mich ab, rubbelte mir die Haare halbwegs trocken und schlüpfte dann in meinen Bademantel. Ein neuer Bademantel im Übrigen, gesponsert von Dave, anthrazit mit dem Logo der CC Cocks-Studios in auffälligem Rot auf dem Rückenteil.

Ein Blick aufs Handy zeigte, dass Liam sich nicht gemeldet hatte. Handtuch, Hotpants und die Tasche mit meinen Kosmetiksachen unter den einen Arm geklemmt, wählte ich auf dem Weg zurück ins Obergeschoss, in dem die privaten Räume lagen, noch einmal seine Nummer. Ich hatte mein Zimmer beinahe erreicht und war schon versucht, aufzulegen, als Liam abnahm.

»Hey … Rizzo …« Er klang verschlafen, dennoch freudig über meinen Anruf fast schon ein wenig glückselig und sofort konnte ich spüren, wie dieses Gefühl auch auf mich übergriff.

»Hi, Honey. Wie geht's dir?« Umständlich stieß ich die Zimmertür auf und mit dem Fuß hinter mir wieder zu, warf Handtuch und Co achtlos auf den Sessel in der Ecke.

»Guuut. Und bei dir?«

Grinsend ließ ich mich rücklings aufs Bett fallen. »Alles bestens, nur echt geschafft nach den letzten Tagen. Was ist los mit dir? Du klingst, als seiest du zugedröhnt.«

Liams Glucksen drang leise durch die Verbindung, ließ meinen Nacken kribbeln und mich zeitgleich die Stirn krausziehen.

»Ein bisschen stoned vor Glück vielleicht?«, gab Liam nuschelnd zurück. »Sorry, dass ich nicht rangegangen bin vorhin.« Er seufzte tief. »Rizzo … ich vermiss dich.«

»Ich dich auch, Honey. Warum bist du …?« Der Groschen fiel. Hatte er …? »Liam … habt ihr gevögelt?«

Stille am anderen Ende der Verbindung. Und ich hätte schwören können, dass mein Freund in diesem Moment heiße Ohren bekam.

»Mmh … schon, ja.«

Ich konnte mir das anzügliche Schnurren nicht verkneifen. »Gerade eben erst? Als ich angerufen hab?«

»Mhm.«

»Honey!« Ich bemühte mich wirklich, ein wenig entrüstet zu klingen, schaffte es jedoch nicht im Mindesten. »Jetzt tu nicht so verschüchtert.«

»Ich *bin* schüchtern!«, empörte sich Liam, was mich nur noch mehr zum Lachen brachte.

»Du *warst* schüchtern. Ich hab dich verdorben, schon vergessen?«

Statt einer Entgegnung drang nur ein Schnauben an meine Ohren. Auch ich schwieg für einen Moment, rekelte mich auf dem Bett in eine bequemere Position und streckte die Beine aus, die ich eben noch angewinkelt hatte, ließ sich leicht auseinanderfallen. Der Stoff des Bademantels streifte über meinen Schritt. Nein, abgekühlt war ich gewiss nicht.

»Erzählst du mir mehr, Honey?«, bat ich mit samtweicher Stimme. »War's schön?« Jeden anderen hätte ich gefragt, ob es geil gewesen war, aber so war Liam nicht. Auch wenn er viel offener und direkter war als zu Beginn unserer Beziehung, vulgär würde wohl nie seine Sprache sein – und genau das machte einen großen Teil des Reizes aus. Für mich, ebenso wie für Keith.

»Mhm.« Er seufzte erneut ins Handy und der Laut grub sich ohne Umwege in meinen Unterleib. Gedankenverloren schob ich den Bademantel ein wenig zur Seite, streifte mit den Fingerspitzen meinen Oberschenkel, fast nur wie zufällig.

»War sehr schön«, murmelte Liam weiter und schien dabei wie ich selbst in Gedanken weit fort zu sein. Er stockte kurz, ich war mir sicher, dass er den Atem anhielt, ehe er leise gestand: »War, um ehrlich zu sein, ziemlich geil.«

Lachend schob ich meine Hand weiter, umfasste meinen Schwanz, der längst auf Liams träge Stimme reagierte.

»Erzähl mir, wie ihr es gemacht habt«, bat ich flüsternd. Wusste, dass ich mich gerade auf gefährlichem Terrain bewegte. Aber wenn Liam jemandem so tief vertraute, um über bisherige Grenzen zu gehen, dann mir. Und ich war mir sicher, dass er mir zu verstehen geben würde, wenn ich Grenzen übertrat. Auch das gehörte zu Vertrauen dazu.

»Rizzo, das …«

Doch zu viel? Zu offensiv? Ich öffnete bereits den Mund, um zurückzurudern, meine Worte als Spaß zu enttarnen, doch dann holte Liam hörbar Luft.

»Keith hat mich gefickt. Auf dem Esstisch.«

Nun war es an mir, die Luft einzusaugen. Augenblicklich manifestierten sich Bilder vor meinem inneren Auge. Bilder von Liam, wie er nackt und erregt dort stand und von kräftigen, gleichsam zärtlichen Händen bäuchlings über den Tisch gebeugt wurde, und wie Keith …

»Wie genau hat er dich gefickt, Honey? Hat er dich von hinten genommen?«

»Nein.« Liam flüsterte nur und dennoch verstand ich jedes Wort. Jedes einzelne grub sich glühend heiß in meinen Unterleib, sorgte gemeinsam mit meinen Berührungen dafür, dass mein Schwanz in meiner Hand hart und noch härter wurde. Was hätte ich nur verpasst, hätte ich mir vorher unter der Dusche schnell einen runtergeholt?

»Ich … hab auf dem Tisch gelegen und Keith …Erst hat er mich geleckt und dann …«

Seine übrigen Worte gingen in meinem Stöhnen unter. »Fuck, Liam … Du kannst doch …«

»Was?« Mit einem Mal hörte er sich wieder zurückhaltend an. Beinahe verschreckt. »Du hast doch gefragt.«

»Ich weiß. Honey … Scheiße … Mach weiter. Sag mir, wie er es dir gemacht hat.« Mit einer Hand hielt ich das Handy umklammert und fest an mein Ohr gepresst, mit der anderen hatte ich begonnen, mich härter anzufassen. Die Laute sperrte ich in meiner Kehle ein. Mir war durchaus klar, dass Liam und ich hier wieder einmal Neuland beschritten und ich wollte ihn nicht zu sehr drängen. Wollte im selben Moment jedoch auch nicht mehr zurück. Die Tage in Tel Aviv waren so voll von Stress und dem Adrenalin der Bühnenshows gewesen, dass ich spät in der Nacht – oder früh am Morgen – einfach nur erschöpft in mein Hotelbett gefallen war. Hier jedoch, in der Mansion, dem Ort, an dem Sex omnipräsent war und mit dem erotischen Shooting im Nacken, schien mein Körper mit einem Mal auf hundertachtzig zu schalten.

»Rizzo, was …«, erneut saugte Liam hörbar Luft ein, seine Stimme klang weniger verschlafen, dafür kratzig, »was machst du?«

Schwang da eine nur mühsam zurückgehaltene, versaute Hoffnung mit? Ein wenig Spielerei musste er mir gewähren. »Willst du das wirklich wissen, hmm?«

»Ja. Ja, ich … Fasst du dich gerade an?«

Als Antwort schnurrte ich ins Handy, erlaubte einem leisen Stöhnen, meinem Mund zu entweichen.

»Scheiße, Rizzo, das …«

»Was? Macht dich das an, ja? Zu wissen, dass ich mir einen runterhole und dabei dran denke, wie Daddy dich vögelt?«

Der winzige, wimmernde Laut, der durch die Verbindung drang, ließ mich innerlich beben. Durch zusammengebissene Zähne leise keuchend bog ich den Kopf in den Nacken und schloss die Augen. Stellte mir vor, wie Liam auf dem Sofa oder wo auch immer saß, genau wie ich das Handy ans Ohr drückte, seine Augen groß wurden, der Blick unruhig durch den Raum huschte, weil er nicht recht wusste, was er tun sollte. Und dann wieder das Bild, wie er vor Keith lag, Keith in ihm war, ihn nahm und …

»Klar macht mich das an«, gestand Liam nach einem langen Moment, brachte mich trotz Erregung zum Lachen. Mit Daumen und Zeigefinger bildete ich einen engen Ring, schob meine Hand über meine lustfeuchte Eichel.

»Aber ich fürchte, ich bekomm grad keinen mehr hoch, nachdem …«

Der intensive Reiz an meiner Schwanzspitze ließ mich zittern, schwer atmend hakte ich nach: »Nachdem was?«

»Nachdem ich … zweimal direkt hintereinander abgespritzt hab, weil … sein Schwanz sich so gut angefühlt hat …«

»Oooh, fuck!« Keuchend packte ich fester zu, hob mein Becken meiner Hand entgegen. »Liam …« Halb stöhnend, halb lachend murmelte ich seinen Namen. So viel zum Thema, vulgär war nicht Liams Sprache. Und nein, verdammt, war sie nicht. Denn egal, wie deutlich er seine Worte auch wählte, sie bargen immer diesen Hauch Betretenheit, der jedoch hinter seiner Neugier zu verblassen drohte. Gott, hoffentlich würde er diese Art niemals verlieren.

»Rizzo, ich … Shit!«

Ich zwang mich, die Augen zu öffnen. »Was ist?«

Keine Antwort, dafür ein kurzes Stimmengewirr, zu weit entfernt, um es sortieren zu können. Oder vielleicht war ich gerade auch einfach nur zu geil.

»Liam …?«

»Boy.«

Dieses einzelne Wort, leise und doch auf so unerbittliche Weise bestimmend ausgesprochen, ließ mich heftig zusammenzucken. Für einen winzigen Moment schien die Welt um mich herum stillzustehen. Mein Atem stockte. Selbst meine Hand um meinen Schwanz. Eine Sekunde. Zwei. Drei. Ehe ein Lustschub sengend wie flüssiges Feuer durch meinen Körper zu rasen schien. Im nächsten Moment fielen meine Lider ergeben zu. Er erwartete eine Antwort. Jetzt.

»Ja, Daddy?«

»Bist du etwa ein ungezogener Junge?«

Jesus, wie schaffte es dieser Mann eigentlich, mich nur durch Worte zu einem wimmernden Häufchen Geilheit werden zu lassen? »Ja«, gab ich flüsternd zurück, »scheint ganz so.«

Ebenso wie Liams weiche Stimme zuvor, grub sich Keiths Grollen trotz der Distanz in meine Lenden. Zögerlich bewegte ich meine Hand um meinen Schwanz, spürte das Pulsieren. Verflucht, ich war so nah dran und wenn Keith jetzt …

»Eigentlich sollte ich dir verbieten, es dir jetzt selbst zu machen.«

Jesus, wie ich diesen Mann manchmal hasste. Und liebte!

»Bitte …«

»Aber Liam zuliebe, weil er so hinreißend aussieht, wie er neben mir sitzt und mich aus großen Augen ansieht und sich für dich wünscht, dass du kommen darfst, mache ich mal eine Ausnahme. Was meinst du, Boy? Willst du, dass ich dich kommen lasse?«

Was für eine beschissene Frage! »Ja«, presste ich zwischen den Zähnen hervor, »ja, verdammt! Aber mach mich auf Lautsprecher, Liam soll's auch hören.«

Keiths leises Lachen wurde für einen winzigen Moment von einem Signalton in der Verbindung überschattet. »Schön. Dann lass uns ein wenig teilhaben. Woran denkst du, wenn du dich jetzt anfasst?«

Faszinierend, wie schnell Keith das Spiel, welches ich mit Liam begonnen hatte, umdrehte. Aber bitte, ich hatte kein Problem damit, den beiden versaute Dinge ins Handy zu stöhnen, während ich mich selbst befriedigte. Mit einem langgezogenen Ausatmen entließ ich das bis dato eingesperrte Stöhnen aus meiner Kehle, begann erneut, meinen Schwanz zu massieren.

»Ich stell mir vor, wie du Liam fickst. Wie er unter dir liegt und deinen Namen flüstert, während du deinen Schwanz immer wieder in ihn stößt.«

»Gut so, Boy, mach weiter.«

Keuchend hob ich mein Becken, schob meinen Schwanz in die Wölbung, die meine Hand formte. Was taten die beiden? Streichelten sie einander, während sie zuhörten, wie ich es mir machte? Allein der Gedanke machte mich so an, dass ich meine Hüften fester gegen meine Hand bewegte. Erneut fielen meine Augen zu, mein Kopf zur Seite.

»Ich bin bei euch«, flüsterte ich, spürte meinen Höhepunkt unaufhaltsam näherkommen.

»Lauter, Boy. Liam soll dich auch hören.«

»Ich bin bei euch«, wiederholte ich, meine Stimme zittrig unter den schweren Atemzügen, »wir drei … zusammen … Ich bin bei euch, während du mit ihm schläfst. Dein Schwanz in seinem schönen, engen Arsch, deine Hände auf seinen Hüften, während er … mich küsst. In meinem Mund ist. Seine Zunge, sein Schwanz … Gott, Honey, ich will so dringend bei dir sein, ich … Will euch spüren. Euch beide. Auf meinen Lippen, auf meiner Haut … und … in mir, ich … oh, fuuuck …« Meine Worte gingen in sinnlosem Gestammel unter. In Stöhnen und keuchendem Atem. Keith sagte irgendetwas zu mir. Seine Stimme hallte dunkel tief in mir wider. Seine Stimme und das Wissen, dass Liam bei ihm war, dass ich bald wieder bei ihnen beiden sein würde, trieben mich gnadenlos über die Grenze. Zuckend kam ich in meiner Hand, konnte nicht aufhören, hineinzustoßen, wollte nicht, dass dieser Moment jemals endete.

Nur langsam löste sich die Spannung aus meinem Körper. Schwer atmend sank ich in die Kissen zurück. Eingehüllt ins gedankenleere, watteweiche Vakuum streichelte ich über meinen Schwanz, über meinen Bauch, durch die feucht-warmen Spuren. Verrieb meine Lust auf meiner Haut und fühlte mich dabei, als seien es Liams Finger, Keiths Küsse.

Bald … endlich …!

»Alles okay, Rizzo?« Liams Stimme drang weich an mein Ohr. Schwerfällig blinzelte ich gegen die Zimmerdecke, zu sprechen erschien mir mit einem Mal wahnsinnig anstrengend. »Mhm, alles gut, Honey. Bin nur … geschafft.«

Dieses Mal war er derjenige, der lachte. »Kenn ich. Eigentlich wollte ich dir vom Treffen mit meinen Eltern erzählen, aber …«

»Mach. Erzähl mir davon.«

»Später. Das hat Zeit, ist alles gut. Verrückte Neuigkeiten … Das erzähl ich dir lieber in Ruhe. Lass uns nachher noch mal telefonieren, ja? Keith kocht und ich hab versprochen, ihm zu helfen.«

Glucksend drehte ich den Kopf zur Seite, vergrub die Nase im Kissen. »Er kocht? Jetzt? Dieser Mann macht mich fertig, Liam.«

Dieses Mal lachten wir beide. Ich wäre so verdammt gerne bei ihm gewesen und dennoch hätte der Moment kaum schöner sein können.

»Rizzo?«

»Hmm?«

»Ich freu mich auf Samstag. Vermiss dich.«

Seufzend schloss ich die Augen, wollte gerade einfach nur daliegen und mich nicht regen. »Ich dich auch. Lieb dich, Honey.«

Seine Entgegnung vermischte sich mit einem Klicken, dann einem leicht schabenden Geräusch. Die Tür. Noch während ich zum gefühlt hundertsten Mal träge die Augen öffnete, fiel sie lautstark ins Schloss.

»Lass uns Schluss machen.«

»Okay. Bye, Honey.«

»Bis nachher. Ciao.«

Ich ließ das Handy neben mich fallen und sah zu Jay, der mit eindeutig dreckigem Grinsen im Gesicht an der Tür stand und mich ungeniert von oben bis unten musterte.

»Sag nichts«, zischte ich ihm zu und er lachte nur.

3. Teil – More than everything

~~~ Dale ~~~

Die CC Cocks-Mansion nach beinahe zwei Jahren wieder zu betreten, fühlte sich merkwürdig an. Nicht wie Nachhausekommen zumindest. Im Gegensatz zu Jay und den anderen Jungs hatte ich nie so etwas wie ein Zuhause oder eine Familie mit dem Anwesen verbunden – und doch so viel mehr.

Clint war Familie für mich gewesen. Über lange Jahre hinweg der Einzige, der mir geblieben war. Nur um am Ende festzustellen, dass er mit ein Grund dafür war, dass der Kern meiner eigentlichen Familie zerbrochen war.

Energisch schob ich die bedrückenden Gedanken beiseite. Inzwischen hatte ich Familie: Jay. Mary und Kaitlyn. Gewissermaßen zählte sogar Andi irgendwie dazu.

Noch immer ein wenig gefangen in den widersprüchlichen Gefühlen sah ich mich im weitläufigen Eingangsbereich der Mansion um. Die ehemals protzig wirkende Einrichtung, die Clint Colemans Handschrift getragen hatte, war schlichterer Eleganz gewichen. Und es standen eindeutig mehr Grünpflanzen herum als früher – vermutlich Tracys Verdienst.

Die Treppen ins Ober- und Untergeschoss sowie die Flure, die zu den Lagerräumen und Studios führten, waren gesperrt – wenigstens für all jene, die nicht zum engen Kreis der Darsteller gehörten. Einige Securitys hatten Position in der Villa bezogen und auch, wenn es sich um
~~~

reine Vorsichtsmaßnahmen handelte, tat Dave vermutlich gut an dieser Investition für den heutigen Abend.

Eine Reihe bunter Girlanden wies ortsfremden Besuchern den Weg durch das Foyer und hinaus auf die Terrasse, die beinahe die gesamte Rückseite der Mansion umsäumte, und den dahinterliegenden Garten. Ich kam jedoch gar nicht bis nach draußen, da mich noch im Eingangsbereich eine wohl vertraute Stimme aufhielt.

»Tyler!«

Ich wandte mich um und sah Dave ausladenden Schrittes auf mich zueilen.

»Entschuldige, Dale!«

Wie zur Bestätigung, dass ich ihm seinen ersten Ausruf nicht übelnahm, breitete ich die Arme aus. »Ich hör noch auf den Pornonamen. Grüß dich, Dave! Lange her.«

»Da sagst du was.«

Wir umarmten uns kurz, aber herzlich und auch, als er sich von mir löste, blieben seine Hände auf meinen Armen liegen. Er musterte mich eingehend, beinahe so, als müsse sich ein Vater nach unzähligen Jahren davon überzeugen, sein Kind vor sich zu haben. Dave und ich hatten uns nie so nahegestanden wie Clint und ich. Und doch betrachtete er jeden der CC Cocks-Jungs als seinen Schützling. Auch mich. Nach all den Monaten noch.

»Du kannst dir vorstellen, dass Jay oft von dir erzählt. Aber trotzdem … sag, wie geht's dir?«

»Bestens«, gab ich ehrlicherweise zurück und ließ mich von dem Regisseur und Labelinhaber hinaus auf die Terrasse führen. Auch im Gehen ließ Dave mich nicht los. Es war keine in irgendeiner Art bedrängende Geste und ich ertappte mich sogar bei dem Gedanken, mich doch ein klein wenig zu Hause zu fühlen, während ich bereitwillig Auskunft gab.

Draußen herrschte bereits Trubel. Auf der Terrasse waren ein langer Bartresen und das Grillbüffet aufgebaut worden. Die ersten Gäste tummelten sich an den Stehtischen auf dem Rasen oder am Poolrand. Die CC Cocks-Jungs standen hinter der Bar und mixten Drinks oder wuselten mit Tabletts bewaffnet herum, um den Durst der Leute zu stillen. Ihr Anblick entlockte mir ein schiefes Grinsen, welches Dave anscheinend nicht entging.

»Sehen nett aus, oder? Wenn du willst … Wir haben noch ein paar Klamotten übrig.«

Ob seines Angebots, das vermutlich eher eine latente Aufforderung sein sollte, verdrehte ich die Augen. »Wie großzügig von dir. Vielleicht später …«

Dave lachte nur und verabschiedete sich bis auf Weiteres, um gemeinsam mit Tracy die ersten Vertreter der Presse in Empfang zu nehmen. Irgendwie hatte ich erwartet, Tracy hätte sich für diesen Abend in ein ähnlich knappes Outfit wie die Jungs geworfen. Doch seit sie selbst vor rund zwei Jahren die Pornohöschen an den Nagel gehängt hatte, sah man sie nur noch höchst selten nahezu unbekleidet in der Öffentlichkeit. Sie winkte mir strahlend zu, hob im nächsten Moment entschuldigend die Schultern und nickte in Richtung eines Herrn in schickem Jackett und mit Kamera um den Hals. Vielleicht würden wir später in der Nacht noch Gelegenheit bekommen, miteinander zu sprechen.

Indessen sah ich mich nach Jay um und fand ihn gemeinsam mit Devin und einem anderen Darsteller, den ich nur von Fotos kannte, an der Bar. Während die anderen beiden ganz vertieft darin zu sein schienen, verschiedenste Fruchtsäfte und Spirituosen zu farbenfrohen Cocktails zusammenzumischen, plauderte Jay mit einem Typen, welcher vor der Bar stand.

Meine Aufmerksamkeit galt jedoch zunächst ausschließlich meinem Freund und ich nahm mir die Zeit, ihn einmal ausgiebig zu mustern, solange er mich noch nicht bemerkt hatte. Unter dem knappen roten Oberteil wand sich die Schwanzspitze der tätowierten Schlange hervor, endete wenige Zentimeter über dem Bund der ebenso knappen schwarzen Hotpants. Erweckte den Wunsch in mir, genau diese Stelle über Jays Steißbein zu küssen, die Hose ein klein wenig herunterzuziehen in dem sicheren Wissen, dass er nichts drunter trug. Oder vielleicht doch? Wenn dann ganz sicher einen Jockstrap. Ich würde es herausfinden. Später …

Mein Blick huschte zu Jays Gesprächspartner. Lässig an den Tresen gelehnt, konnte ich ihn lediglich bauchaufwärts mustern. Doch was ich da zu sehen bekam, war definitiv einen zweiten Blick wert. Der Kerl war einer dieser Männer, die nur indem sie irgendwo herumstanden, Testosteron in hohen Dosen zu versprühen schienen. Das zwei Knöpfe weiter als üblich aufgeknöpfte, elegante, schwarze Hemd ließ Einblicke auf einen definierten Oberkörper zu. Auf braungebrannte Haut und modellierte Muskelstränge. Lecker, doch zugegeben, solche Körper sah man gerade in der Gay-Porn-Industrie zur

Genüge. Als noch weitaus betrachtenswerter empfand ich daher sein männlich-kantiges Gesicht, welches mir auf den ersten Blick irgendwie bekannt vorkam. Ein Darsteller eines anderen Studios? Rein optisch hätte er dem Klischee eines Pornosternchens jedenfalls entsprochen. Keine Frage, er war heiß. Insbesondere seine sinnlich geschwungenen und gleichsam vollen Lippen, die sich gerade um den Strohhalm seines Drinks herum zu einem anzüglichen Lächeln verzogen. Ein Lächeln, das Jay galt.

Lachend griff dieser nach einem weiteren Longdrinkglas, tunkte den Rand zunächst in ein flaches Schälchen mit vermutlich Zitronensaft, ehe er ihn in Zucker stippte. Anschließend eine eingeschnittene Zitronenscheibe auf den Rand gesteckt, ehe Jay das Glas zu Devin hinüberschob, der mit den geübten Handgriffen eines Teilzeit-Barkeepers einen verführerisch sonnengelben Drink aus dem Shaker hineinfüllte.

»Darf ich?« Mit zwei schnellen Schritten war ich bei Devin, griff schräg hinter ihm stehend um ihn herum und schnappte mir das frisch gefüllte Glas. Aus dem Augenwinkel sah ich Devins Nachluftschnappen, doch im nächsten Moment schlich sich ein Grinsen auf seine Miene. Bildete ich es mir nur ein oder wirkte es am heutigen Abend ein wenig gezwungen?

»Hey, Dale. Klar, bedien dich. Alles gut bei dir?«

»Klar.« Ich prostete ihm zu. »Bei dir?«

»Frag nicht.« Das Lächeln schwand nicht gänzlich, verlor jedoch den letzten Rest Aufrichtigkeit. »Passt schon«, schob Devin hinterher. »Hab Spaß.«

Kurz entschlossen drückte ich ihm einen flüchtigen Kuss auf die Schulter, ehe ich mich weiter in Richtung Jay vorpirschte. Ich sollte ihn bei Gelegenheit fragen, welche Laus Devin über die Leber gelaufen war. Oder besser noch: Rizzo. Der wusste meist am besten über sämtliche Tuscheleien innerhalb der Mansion Bescheid.

Mein Freund verabschiedete den mir fremden Kerl gerade mit einem Zuprosten mit seinem eigenen Glas. Die Flüssigkeit darin farblos, vermutlich Mineralwasser. So wie ich Jay kannte, würde er erst zu sehr viel späterer Stunde zu Alkohol greifen.

Ich passte den Moment ab, in dem Jay gerade kein Glas in den Händen hielt, und packte ihn von hinten. Spürte dabei, wie er sich kurz versteifte. So offensiv Jay in seiner Sexualität auch sein mochte, er konnte es nicht ab, einfach so angetatscht zu werden – zu Recht! Doch er entspannte sich rasch, lehnte sich nach hinten in meine Arme und grinste mir über die Schulter zu.

»Hey, Baby.«

»Hi, Mr. Tyler Stone.«

Schnaubend verschloss ich seinen Mund mit meinem. »Wirst du mich den ganzen Abend so nennen?«

»Klar. Wobei du für Tyler eindeutig zu viel anhast.«

»Spar's dir, Dave wollte mir schon so einen Hauch von Nichts andrehen.«

Lachend drehte Jay sich in meiner Umarmung, seine Fingerspitzen krabbelten anzüglich über meine Brust. »Nicht nötig, du siehst toll aus. Und da du ohnehin später nackt mit mir in den Pool springen wirst …«

Ich hätte ja aus Protest gerne widersprochen, doch ich sparte es mir, denn höchstwahrscheinlich würde ich das wirklich tun. In die professionelle Pornobranche würde ich ganz sicher nicht wieder einsteigen, aber es störte mich auch keineswegs, mich freizügig zu zeigen. Schon gar nicht in einem Ambiente wie diesem. Mit der entsprechenden Gesellschaft. Und vollkommen egal, ob angezogen oder nicht, dieser Abend … diese Nacht … würde legendär werden. Scheiße, vielleicht fühlte ich mich doch wohler im Kreise der CC Cocks-Jungs, als ich angenommen hatte.

Ahnte Jay, was mir durch den Kopf ging? Sein anzügliches Grinsen jedenfalls ließ es vermuten. Ehe er allerdings auf die Idee kommen konnte, mir vor versammelter Mannschaft die Klamotten vom Leib zu reißen, nickte ich in Richtung des Kerls, mit dem Jay sich eben noch unterhalten hatte und der nun an einem der nahen Stehtische lehnte und mit Tracy sprach.

»Wer ist das? Kommt mir bekannt vor. Kollege?«

Nur flüchtig streifte Jays Blick noch einmal über ihn, ehe er sich wieder den Gläsern zuwandte, um ihnen einen Zuckerrand und Zitronendeko zu verpassen.

»Mason, ja. Er war eine Weile aus dem Business draußen, aber wie es aussieht, tüftelt er mit Dave an seinem Comeback. Er …«

»Jay! Kommst du mal kurz?«

Zeitgleich wandten wir uns Tracy zu, die vom Stehtisch aus herüberwinkte.

»Klar«, rief Jay zu ihr hinüber, schob sich im selben Moment näher an mich heran. »Dave hat mich gefragt, ob ich bereit wäre, mit Mason zu drehen«, raunte er mir zu und die Art, wie er das tat, ließ mich hellhörig werden. »Lass uns da morgen drüber reden, ja?«

»Okay.« Ich drückte ihm einen kurzen, aber festen Kuss auf die Lippen, von dem ich mir sicher war, er würde Jay verdeutlichen, dass er sich wegen mir keinen Kopf machen musste. Worum auch immer es ging, wir würden darüber sprechen. Offen und ehrlich. Wie immer.

»Ich schau mal, ob ich den Jungs am Grill noch was helfen kann«, verkündete ich, ehe ich Jay mit einem Klaps auf seinen halbnackten Arsch in Tracys und Masons Richtung schickte.

»Du meinst es echt ernst, was?« Aus Carters Stimme sprach eine solche Verwunderung, dass ich sicher gelacht hätte, wäre ich nicht gerade so angepisst gewesen. Statt zu grinsen, funkelte ich ihn zornig an und schob – oder eher schlug – seine Hand von meinem Arsch.

»Was dachtest du?«, zischte ich ihm entgegen. »Dass ich dich verarsche, als ich sagte, ich würde nicht mehr mit dir ins Bett gehen? Und sag jetzt nicht sowas wie *›es muss nicht das Bett sein‹*.«

Statt eines dummen Konters sagte Carter jedoch erst mal … gar nichts. Mit verbissener Miene stand er mir gegenüber, seine Kiefer mahlten und zeigten deutlich, dass es in ihm brodelte. Als er nach einem langen Moment dann doch noch zu einer Entgegnung ansetzte, winkte ich genervt ab.

»Lass gut sein, okay? Was ich dir vor Monaten gesagt habe, würde ich jederzeit wiederholen: Wir hatten eine gute Zeit miteinander, wir hatten guten Sex. Aber mehr eben auch nicht. So gut wir im Bett harmonieren, so wenig tun wir es außerhalb. Ich mag dich als Bekannten, Punkt. An mehr war ich nie interessiert und ich dachte eigentlich, das wäre angekommen.«

Carter schnaubte, trat jedoch im selben Moment einen Schritt von mir zurück. Hätte er es nicht getan, hätte ich diese Distanz zwischen uns gebracht. Es ging nicht darum, dass ich mich von ihm eingeschüchtert fühlte, außerdem standen allerlei Leute, genügend der Jungs in einigen Metern Entfernung. Dennoch fühlte es sich verflucht noch mal nicht gut an, ihn nahe bei mir zu wissen. Nicht, nachdem ich in den letzten Tagen seine Blicke so oft auf mir gespürt hatte. Blicke, die nicht mehr nur etwas mit sexueller Anziehung zu tun hatten.

»Fuck, Rizzo!«, schnauzte er mich plötzlich an. »Du kannst nicht so einfach einen Cut zwischen uns ziehen. Du bist nur …«

»Was?«, fiel ich ihm giftig ins Wort und wäre ich mir der Leute und vor allem der Presse nicht so bewusst gewesen, wäre vermutlich ich derjenige gewesen, der den eben erschaffenen Abstand überbrückte. »Was bin ich nur, huh? Ein kleiner Fuckboy, der immer willig bereitzustehen hat? Scheiße, Carter … ist es das, was du sagen wolltest?«

Sein Schweigen und die Anspannung in seiner Miene waren Antwort genug. Und mit dieser stillschweigenden Entgegnung war das *Gespräch*, wenn man es denn überhaupt so nennen wollte, beendet.

»Fick dich, Carter. Überdenk mal deine Ansichten.« Mit diesen Worten ließ ich ihn stehen. Ich zwang mich, nicht zu offensichtlich wie eine kleine Furie am Poolrand entlangzurauschen und stattdessen den sich dort tummelnden Gästen im Vorbeigehen ein freches Lächeln zu schenken. Von links schoben sich erst ein Tablett mit leeren Aperitifgläsern und dann Elliots Lockenkopf neben mich.

»Hey«, raunte er mir zu, »alles okay?«

»Ja, schon gut. Halt mich heute einfach von Carter fern, sonst rutscht mir noch irgendwas raus, was nicht für aller Ohren bestimmt ist.«

»Verstehe.« Elliot zwinkerte mir zu und nickte mit dem Kopf in Richtung Bar. »Ich muss …«

Sollte ich auch, wir waren schließlich nicht nur zum Spaß hier. Mit Blicken suchte ich nach Dave oder Tracy, so langsam sollte einer von den beiden das Büffet eröffnen. Der Duft von Würstchen und Rindersteaks zog seit einer geraumen Weile über das Grundstück hinweg. Andererseits konnte ich auch jeden verstehen, der nur ohne zu essen dastehen und Mr. Leroy Romero und Mr. Tyler Stone beim oben ohne grillen zuschauen wollte. Ich war schon versucht, mich einfach selbst entspannt an einen der Stehtische zu lehnen und die Aussicht zu genießen. Doch indem Dale sich umwandte, lenkte er meinen Blick auf einen Kerl, der mich noch tausendmal mehr zu fesseln vermochte.

Kurzerhand legte Dale die Grillzange beiseite und schloss Liam in die Arme. Mein Freund strahlte dabei und schmiegte sich an ihn. Trotz örtlicher Distanz verband Liam und Dale seit Liams fluchtartigem Kurztrip nach New York im vergangenen Herbst eine innige Freundschaft. Ich wusste, dass manch anderer diese Nähe zwischen ihnen misstrauisch beäugt hätte – insbesondere wenn man bedachte, was *beinahe* zwischen den beiden passiert wäre. Aber ich empfand es einfach nur als schön, sie so miteinander zu sehen.

Schöner allerdings war noch, als Liam sich auf ein Kopfnicken Dales hin umsah und sich mir zuwandte. Selbst auf die Distanz mehrerer Meter hinweg konnte ich sehen, wie sich sein Lächeln vertiefte, das Leuchten in seinen Augen noch ein wenig heller wurde. *›Mein Gott, Honey‹*, wollte ich murmeln und ihn auf der Stelle an mich ziehen, *›ich hab dich echt vermisst.‹*

Liam allerdings blieb, ein wenig unschlüssig wie mir schien, neben Dale stehen. Es war offensichtlich – zumindest für mich –, dass er nicht recht wusste, wie er sich hier in der Mansion, umgeben von der Presse und allerlei Sternchen des Business, verhalten sollte.

›Einfach so wie immer, weil du toll bist, wie du bist.‹

Stumm formte ich die bittende Aufforderung an ihn, zu mir zu kommen, streckte eine Hand nach ihm aus. Mein Herz schien in meiner Brust Salti schlagen zu wollen, als Liam sich in Bewegung setzte und auf mich zukam. Verdammt hübsch sah er aus. Sehr sexy, auf eine dezente Art und Weise, in seinen weißen Sneakern, der khakifarbenen Cargoshorts und dem schlichten weiß-grauen Shirt. Braungebrannt von unseren gemeinsamen Tagen am Strand und die Haare wie immer selbst in frisiertem Zustand ein wenig verwuschelt. Der Duft eines neuen Parfüms umwehte ihn, stieg mir in die Nase, als ich ihn an mich zog. Tief einatmend vergrub ich die Nase an der weichen Haut unter seinem Ohr, spürte sein Schaudern und wie er ebenfalls die Arme um mich schloss.

»Hey! Scheiße, Rizzo, hast du mir gefehlt.« Er flüsterte nur. Ganz sicher bekam keiner der Umstehenden seine Worte mit und ebenso sicher verstand doch jeder, der nicht komplett empathielos war, was gerade zwischen uns abging.

»Du mir auch, Honey. Es ist so viel passiert und ich weiß nur die Hälfte davon. Du musst mir morgen alles erzählen.« Unsere Lippen fanden sich zu einem Kuss. Erst sanft, dann inniger. Mir doch scheißegal, dass irgendwo neben uns eine Kamera klickte, und auch Liam war es entweder gleichgültig oder er hatte es über die Musik hinweg schlicht nicht mitbekommen.

Als wir uns voneinander lösten, sahen wir uns einen langen Moment an, bis mein Blick schließlich über Liams Schulter wanderte.

»Keith ist noch im Foyer«, raunte Liam mir zu. »Unterhält sich mit dem Labelchef, glaube ich.«

»Mit Dave? Das erklärt, warum ich den nirgends finde. Dann lass uns kurz reingehen und anschließend zeige ich dir die Mansion, wenn du willst.«

»Oh, ja, voll gerne! Das ist alles so riesig hier. Und da drin dreht ihr auch?«

»Ja. Jesus, ich freu mich so, dass du da bist!« Lachend zog ich Liam mit mir, quer über die Terrasse und vorbei an Jay, der eben mit einem Tablett voller hübsch dekorierter Cocktails an uns vorbeihuschte und Liam einen Luftkuss zuwarf.

Wir kamen jedoch gar nicht bis ins Foyer, denn soeben trat Dave, gefolgt von Keith, durch die weit geöffneten gläsernen Flügeltüren ins Freie. Mein ohnehin schon durch das Wiedersehen mit Liam erhöhter Puls schien auf hundertachtzig zu schnellen. Ich ließ Liams Hand los und lief Keith entgegen, sprang ihm regelrecht in die Arme und fühlte mich gleich darauf sicher gehalten und an seinen starken Körper gezogen. Die Beine klammerte ich um seine Hüften, seine Hände schoben sich unter meinen dank der Hotpants halbnackten Arsch. Wenn jetzt keiner der Pressefuzzis seine Kamera draufhielt, waren sie verdammt noch mal selbst schuld. Während Keiths von Überraschung geleiteter rauer Laut meine Wange streifte, gleich darauf seine Lippen, hörte ich Dave neben uns lachen.

»Lass ihn leben, Rizzo! Wir sprechen nachher noch mal, Keith.«

»Ist gut.« Energisch stellte er mich zurück auf den Boden, nahm mein Gesicht in seine Hände. Sein Blick brannte sich in den meinen und ließ meine Knie weich werden. Kurz schoss mir durch den Kopf, dass ich Carter suchen und ihn anraunzen sollte, herzuschauen. Denn so, wie ich Keith ansah, hatte ich Carter mit Sicherheit nie angesehen. Doch Keiths Miene und wie er mich nur durch seine Anwesenheit an sich band, machten es mir unmöglich, mich abzuwenden.

»Na, wenn das keine Begrüßung war.« Um seinen Mund spielte ein amüsiertes, gleichsam unendlich weiches Schmunzeln. Ein Kuss folgte – flüchtig, aber allessagend. Ehe Keith ein wenig auf Distanz ging und sich umsah. Unschwer zu erraten, nach wem. Liam glitt an unsere Seite, bekam von Keith ebenfalls einen sanften Kuss auf die Lippen gedrückt.

»Ich wollte Liam die Mansion zeigen. Kommst du mit?«

»Geht ihr nur. Ich sage erst mal Dale und Jayson hallo.«

»Okay.« Ich reckte mich empor, erwartete beinahe, Keith würde mich, einfach weil er es konnte, am ausgestreckten Arm verhungern lassen. Aber anscheinend war er gerade nicht zu irgendwelchen Machtspielchen aufgelegt. Noch einmal küsste er mich, ehe er mich und Liam sacht in Richtung der Flügeltüren schob und sich selbst in Richtung Garten wandte.

Hand in Hand stromerten Liam und ich durch das gesamte Anwesen. Begonnen im oberen Stockwerk, in dem Daves und Tracys Büroräume und die privaten Zimmer für die Darsteller lagen, huschten wir weiter hinunter durch das Lager, in dem sich allerlei Requisiten stapelten. Angefangen von verschiedenen Fetisch-Outfits bis hin zu Sextoys und kartonweise Gleitgel und anderen Dingen, die man für einen Dreh eben zwangsweise brauchte. Liam bewegte sich staunend, aber doch überraschend wenig verlegen mit mir zwischen den Regalen, besah sich neugierig einen Teil der Fetischsachen. Die wenigsten davon hatten je in einem meiner Filme Verwendung gefunden und überhaupt setzte CC Cocks seit jeher – und mehr noch seit Dave und Tracy das Label führten – weitgehend auf schlichte Accessoires. Professionell gedrehte Pornos bildeten so gut wie nie das reale Sexleben ab, dennoch stand CC Cocks für Filme, die sich nahe an dem bewegten, was der Otto-Normal-Verbraucher im eigenen Schlafzimmer trieb. Oder gerne mal treiben würde.

»Und das hier«, verkündete ich in feierlichem Tonfall und schob eine der Türen auf, »sind die heiligen Hallen.«

Ich ließ Liam eintreten, folgte ihm einige Schritte in den Raum hinein. Es war der erste von dreien, in denen wir für gewöhnlich die Szenen drehten, und wohl auch der unspektakulärste. Mit einem breiten Bett, einer Fenster-Attrappe und schlichten Schwarz-Weiß-Bildern an den Wänden erinnerte er am ehesten an ein Hotelzimmer. In den Ecken standen Stative und verschiedene Blenden für die optimale Belichtung bereit.

»Wow, das ist ganz schön … steril«, stellte Liam mit einem Rundumblick fest. »Kann mir vorstellen, dass es gar nicht mal so leicht ist, hier in Stimmung zu kommen.« Nachdenklich ließ er die Fingerspitzen über das halbhohe Metallgestell am Fußende des Bettes gleiten. Der eine oder andere Kerl hatte hier schon angekettet gelegen – inklusive mir.

»Ich sag doch, Pornos drehen ist in erster Linie Arbeit. Der nächste Raum allerdings ist cool, mein Lieblingsset.«

Ich schob Liam durch die Tür, hinein in ein Zimmer, welches von der Einrichtung her an ein gemütliches Landhaus erinnerte. Ein großes Ecksofa, auf dem sich diverse Kissen, Decken und Kunstfelle stapelten, an der gegenüberliegenden Wand ein Kamin. Dort auf dem Boden, hingestreckt auf ein Kunstbärenfell und mit dem Prasseln eines echten Feuers im Rücken hatte ich schon die eine oder andere wirklich erregende Szene gedreht.

»Schon irgendwie cool«, meinte Liam und sah sich eingehend um, trat einen Schritt in Richtung des Sofas. »Fast schon gemütlich.«

»Aber auch nur fast, wenn mehrere Leute um dich herumstehen und dir eine Kamera zwischen die Beine halten.«

Liam verzog bei meinen spaßhaft gemeinten Worten prompt den Mund. »Ich könnte das echt nicht.«

Ich zuckte die Schultern, schlenderte an ihm vorbei und ließ mich mit dem Po gegen die Kante des Sofas sinken. »Man gewöhnt sich dran. Komm her.«

Liam folgte meiner Aufforderung, wenn auch mit skeptischem Blick. »Was wird das, hmm?«, hakte er leise nach, als ich ihn vollends zu mir zog, sodass er direkt vor mir stand, und meine Hände unter sein Shirt schob. »Versuchst du mich gerade zum Pornodarsteller zu bekehren?«

Glucksend schüttelte ich den Kopf. »Sicher nicht. Ich fänd's zwar echt heiß, mal für ein paar Minuten die Kamera draufzuhalten, während wir es uns gegenseitig machen, aber nein.«

Und da war es: das sachte Röten seiner Wangen. Mit einem verlegenen Laut vergrub er sein Gesicht in meinen Haaren, kam mir dabei noch näher und hüllte mich ein in diese Wolke aus kribbeliger Zufriedenheit.

Ich streichelte an seinen Seiten höher, spürte warme Haut überall unter meinen Finger und fand schließlich seine kleinen Nippel, reizte sie mit den Daumen und kratzte leicht darüber. Liam zuckte, seufzte kaum hörbar in mein Haar. Er schlang die Arme um meinen Nacken, zwischen meinen Beinen konnte ich spüren, wie sein Körper auf meine Berührungen reagierte und damit unweigerlich auch mich elektrisierte.

»Rizzo?«

»Hmm?«

»Das war echt heiß am Telefon.«

Schnurrend rieb ich meine Nase gegen die nackte Haut oberhalb des Shirtausschnitts. »Fand ich auch. Aber weißt du, was noch viel besser sein wird?«

Wieder krochen Schauer über seinen Körper, als ich zusätzlich zu meinen Fingern an seinen Brustwarzen ein Knie zwischen seine Beine schob und Druck auf seinen Schritt ausübte.

»Ich fürchte, du wirst es mir gleich sagen«, wisperte er mit hörbar flattriger Stimme. Gott, ich liebte es wirklich, dass er so intensiv und ehrlich auf meine Berührungen reagierte.

»Allerdings. Morgen, Honey, oder spätestens am Montag, wenn du und ich und Keith endlich wieder für uns sind. Ich schwör dir, ich hab vor, einen ganzen Tag lang mit euch im Bett zu verbringen.«

Sein langgezogenes Seufzen ging in einem Glucksen unter und er drückte sich ein wenig von mir weg, sodass er mich ansehen konnte. »Einen ganzen Tag lang, ja? Wir wollten doch New York erkunden. Und ich dachte, ich soll dir endlich mal von dem Chaos zu Hause erzählen. Was ist mit Essen? Und aufs Klo gehen? Und …«

»Ja ja, zwischendurch mal.« Ich brachte ihn mit einem Kuss zum Schweigen, welchen er sofort erwiderte. Hingebungsvoll spielten unsere Zungen miteinander. Liam schob sich wieder näher an mich und machte es mir somit unmöglich, nicht zu merken, dass er inzwischen in seiner Shorts hart war. Genauso wie ich selbst. Und dieses Mal war es an mir zu schaudern, als er eine Hand aus meinem Nacken löste und die Fingerspitzen über den dünnen Stoff der Hotpants gleiten ließ.

»Honey …« Ich flüsterte an seinen Lippen, stöhnte leise in seinen Mund, als wir uns erneut küssten. »Ich hab so Sehnsucht nach dir. Nach euch. Und das am Telefon hat's keineswegs besser gemacht.«

Liam keuchte, als ich den Druck auf seinen Schritt verstärkte. Er saugte meine Unterlippe in seinen Mund, knabberte sacht daran und schickte damit hitzige Schauer durch meinen Körper. »Ich will dich auch, Rizzo. Wie verrückt. Aber … nicht hier.«

Mein Seufzen war halb Erregung und halb Kapitulation geschuldet. »Ich weiß«, wisperte ich ihm zu, kreiste noch einmal mit den Daumen um seine Nippel, ehe ich meine Hände unter seinem Shirt hervorzog und an seine Hüften legte. »Ich weiß das. Und es war im Übrigen nicht mein Plan, hier mit dir rumzumachen.«

»Ach nein?« Frech grinste er mich an. Es waren Momente wie diese, die sich mit Liam so unglaublich gut anfühlten. Befreit und leicht.

»Nein, ich schwöre.« Der nächste Kuss, den ich auf seine Lippen tupfte, war einfach nur sanft. »Gib uns noch zwei Minuten zum Runterkommen und dann lass uns wieder rausgehen. Dave killt mich, wenn ich noch länger verschwunden bleibe.«

»Okay.« Es war offensichtlich, dass es Liam schwerfiel, sich zusammenzureißen. Mir selbst ging es nicht viel anders. Wie um sich abzulenken, sah er sich noch einmal im Raum um und hinüber zu einer weiteren Tür. »Und was ist da drin?«

»Unser Dungeon«, gab ich kichernd zur Antwort, »Andreaskreuz, Lederbänke, Haken an der Decke … so ein Kram eben. Willst du's sehen?«

»Nee, danke. Der Ausflug mit Keith in Richards SM-Club hat mir echt gereicht.« Entschieden drückte Liam sich von mir fort und löste sich aus meinen Armen. »Genug Sightseeing für heute. Lass uns hochgehen, ich hab Hunger und das in erster Linie auf Würstchen und Knoblauchbaguette.«

Das allerdings erschien mir ein schlagendes Argument zu sein.

~~~ Keith ~~~

Inzwischen hatte die Nacht ihren dunklen Baldachin über New York gelegt, das Gartengrundstück rund um den Pool herum war jedoch von Lampions und Lichterketten erleuchtet. Auf der Terrasse hatten Smoker und der Großteil der Büffettische einem DJ-Pult Platz gemacht. Hinter dem Tresen standen mittlerweile drei professionelle Barkeeper, sodass die Darsteller des Labels die Freiheit hatten, sich selbst und die anwesenden Gäste zu unterhalten.

Dabei musste ich feststellen, dass Rizzo im Vorhinein mit seinen Beschreibungen der Party ganz recht gelegen hatte: Das hier war keine inszenierte Show für Publikum. Die Darsteller hatten einfach ihren Spaß. Feierten und genossen die gemeinsame Zeit. Und dass neben Familienangehörigen und Freunden auch einige Fans und Reporter hier waren, störte niemanden. Vermutlich auch deshalb nicht, weil nichts geschah, was nicht hätte nach außen dringen dürfen.

Sicherlich, die Party war freizügig, allein dadurch, dass die Darsteller in knappen Outfits – teilweise nur noch in Jockstrap – herumliefen und tanzten. Doch dieses Bild war nichts, was man nicht auch in anderen Etablissements – in Clubs oder auf Partyyachten – zu sehen bekommen hätte. Es mochte sein, dass sich die Stimmung zu späterer Stunde noch weiter aufheizen würde. Aber selbst wenn, wir befanden uns auf der Sommerparty eines Gay-Porn-Labels, was also sollten wir erwarten?
~~~

Dankend nahm ich die beiden Longdrinkgläser entgegen, die der Barkeeper mir über den Tresen reichte, und ging zurück zu einer der Hollywoodschaukeln, welche einige Schritte entfernt vom Pool um einen hübsch angelegten Teich standen. Einen der beiden Mojitos gab ich an Tracy weiter.

»Danke dir. Cheers! Freut mich, dass wir ein wenig Zeit zum Plaudern finden.«

»Die Freude ist ganz meinerseits«, entgegnete ich und meinte es auch so. Ich hatte vorhin am Büffet bereits einige Takte mit der Teilhaberin des Labels gewechselt, nachdem Rizzo uns einander vorgestellt hatte, und konnte nicht verhehlen, dass sie mein Interesse geweckt hatte. Nicht sie als Frau. Vielmehr interessierte mich, wie ausgerechnet ein Hetero-Ehepaar dazukam, ins Gay-Porn-Business einzusteigen – und das offenbar ziemlich erfolgreich.

»Das Label hat Clint Coleman vor einigen Jahren gegründet«, erklärte Tracy nach zwei Schlucken Mojito, »ich nehme an, Rizzo hat dir von dieser ganzen Sache erzählt.«

Der Coleman-Skandal … ja, ich wusste darüber Bescheid. Vor rund zwei Jahren hatte ich die Vorkommnisse nur vage in den Online-Zeitungen verfolgt. Pornos und alles, was damit zu tun hatte, waren nicht gerade meine bevorzugten Interessensgebiete. Rizzo allerdings hatte mir und Liam erzählt, was damals geschehen war, als unsere Gespräche eines Abends bei Dale und Jayson gelandet waren.

»Hat er, ja. Er sagte, Dave sei von Anbeginn als Regisseur an Bord gewesen.«

»Das stimmt. Dave arbeitet schon seit beinahe zwei Jahrzehnten in der Pornobranche. Noch während seines Studiums hat er begonnen, an kleineren Produktionen mitzuwirken – Hetero-Produktionen, schlecht bezahlt für alle Beteiligten. Es war quasi ein Aushilfsjob für ihn, mehr nicht. Durch Zufall ist er mit einem schwulen Paar in Kontakt gekommen, das ihn gebeten hat, einige Sequenzen mit ihnen abzufilmen. So hat alles angefangen, und als Dave dann Clint kennenlernte, war das sein Einstieg ins *echte Business*.«

»Das klingt, als sei Dave in die Branche *hineingerutscht*, wie man so schön sagt.«

Tracy rührte nachdenklich mit dem Strohhalm in ihrem Drink, ehe sie entgegnete: »So war es, sicher. Es war ein Experiment, aber heute könnte er sich nicht mehr vorstellen, etwas anderes zu tun, denke ich. Und mir geht es genauso. Ich weiß, dass mir viele Leute das nicht glauben, aber Porno ist mein Leben. Und nicht mehr vor der Kamera, sondern nun dahinter zu stehen, ist nur eine der vielen neuen Facetten davon.«

Ich konnte nicht verhindern, meinen Blick forschend werden zu lassen und war mir sicher, dass Tracy es bemerkte. Es war unschwer zu erkennen, dass sie eine taffe, kluge Frau war. Ganz gewiss nicht eines der Klischee-Dummchen, die krankhaft nach der Bestätigung der Männer am Set suchten.

»Hat Rizzo dir erzählt, welchen Beruf ich eigentlich erlernt habe?«, hakte sie mit einem Grinsen an ihrem

Strohhalm vorbei nach, den sie mit der Zungenspitze zwischen den Lippen bewegte.

»Nein.«

»Ich bin gelernte medizinisch-technische Assistentin, habe einige Jahre bei einem großen Pharmakonzern gearbeitet.«

Ich nickte anerkennend, nahm meinerseits einen Schluck Mojito – das Röhrchen hatte ich herausgefischt. »Ich gebe zu, das überrascht mich.«

»Und nun fragst du dich, wie ich diesen Job für Pornodrehs aufgeben konnte.«

»Nein«, entgegnete ich ehrlicherweise sofort, »ich stelle lediglich fest, dass du offenbar wirklich für diese Branche brennst, da ich davon ausgehe, dass du einige Nächte über deine Entscheidung geschlafen hast.«

Lachend warf Tracy ihre rot gefärbte Mähne in den Nacken. Ich lächelte still in mich hinein. Himmel, ich verstand sehr gut, weshalb Dave diese Frau ansah, wie er sie nun einmal ansah. Mich selbst hatten Frauen nie auf eine sexuelle Weise angesprochen, dennoch versprühte Tracy unbestreitbar diesen gewissen Reiz – und das sicher nicht nur, weil man(n) leicht in Versuchung kam, sie sich nackt vorzustellen oder einfach den heimischen Laptop nach ihren Filmchen zu durchsuchen.

»Danke für das Kompliment.«

»Gerne. Weißt du …« Ich zögerte einen Moment, rief mir ins Bewusstsein, dass Tracy und ich uns erst wenige Minuten intensiver unterhielten. Aber Rizzo hatte recht gehabt, mit dem, was er mir über sie erzählt hatte: Sie war – ebenso wie Dave – einer dieser Menschen, in deren

Gesellschaft es leichtfiel, sich wohlzufühlen. Mein Blick suchte Rizzo und fand ihn gemeinsam mit Liam im Gespräch mit einem weiteren CC Cocks-Darsteller. Ich erkannte in ihm den jungen Mann, mit dem Rizzo im vergangenen Herbst eine Dreierszene gedreht hatte. Elliot, wenn ich mich recht erinnerte.

»Weißt du«, nahm ich den Faden wieder auf und wandte mich Tracy zu, »ich sage es Rizzo nur selten so direkt: Auch wenn ich persönlich nicht unbedingt ein Fan von seinem Job bin, bewundere ich ihn doch dafür, mit welcher Ernsthaftigkeit und Überzeugung er diesem nachgeht. Dass ich selbst Pornos nicht sonderlich mag und mir der Gedanke missfällt, dass einer meiner Jungs sich dafür hergibt, ist mein persönliches Befinden, von welchem Rizzo sich keinesfalls verunsichern lassen sollte. Mal abgesehen davon, dass er selbstsicher genug ist, um das nicht zu tun. Dennoch kann ich anerkennen, wie viel Arbeit und Disziplin er hier hinein«, mit der Hand deutete ich vage in Richtung der Mansion, »investiert. Er liebt es, hier und vor der Kamera zu sein. Fantasien zu verkaufen. Ich selbst kann nicht *nachempfinden*, weshalb er es gerne tut, aber ich kann *verstehen*, dass es so ist.«

Mit nachdenklichem Nicken stellte Tracy ihr inzwischen geleertes Glas auf der steinernen Umrandung des Teiches ab. »Das finde ich großartig, ehrlich. Ich kenne so einige Beziehungen, die innerhalb dieses Businesses zerbrochen sind. Ganz egal, ob beide Partner in der Branche arbeiten oder nur einer. Es ist nicht leicht, diese Leidenschaft zu tolerieren und noch schwerer ist es, Privates und Arbeit auseinanderzuhalten, sobald das Kopfkino anspringt. Ich verrate dir etwas, Keith: Dave ist Regisseur, er weiß besser als jeder andere, dass Sex vor der Kamera und Sex im Privaten zwei vollkommen unterschiedliche Dinge sind, und dennoch hat er bis heute keinen einzigen meiner Filme gesehen.«

Ihre Worte überraschten mich – und gleichsam taten sie es nicht. Ich selbst wusste, wie schmal der Grat war, zwischen Faszination, Erregung und Eifersucht. Wie schnell die Grenzen ineinanderflossen und sich teilweise sogar langfristig verschoben. Ich selbst war grundlegend kein Nutzer von Pornografie, nahm lieber mein eigenes Kopfkino zu Hilfe. Erinnerungen und Visionen gleichermaßen. Dennoch kannte ich einige von Rizzos Szenen und ja, insbesondere die, in denen er sich mit anderen Kerlen seines Alters und seiner Statur vergnügte, erregten mich. Hingegen zu sehen, wie er mit Bären und Daddys fickte, kam einem schmerzhaften Schlag in die Eingeweide gleich. Und dennoch würde ich mir niemals das Recht herausnehmen, von ihm zu verlangen, es sein zu lassen. Im Privaten, ja, hier gab es nur Liam und mich für ihn. Am Set jedoch war er frei zu tun, was immer er tun *wollte*.

»Schwieriges Thema, hmm?« Von der Seite fing ich Tracys wissenden Blick auf. Sicher hatte sie bemerkt, wie mein Blick zum wiederholten Mal zu Rizzo geglitten und auf diesem haften geblieben war. Gerade nahm er Liam bei der Hand und zog ihn mit sich in Richtung Pool.

»Mal mehr, mal weniger«, gab ich mit einem zuversichtlichen Zwinkern zurück. »Ich denke, wir drei haben einen guten, vertrauensvollen Weg gefunden – nicht nur in dieser Hinsicht.«

Auch Tracys Blick schweifte zu den beiden hinüber, sie nickte. »Rizzo hat selten ausgeglichener auf mich gewirkt als im letzten halben Jahr. Versteh mich nicht falsch, er ist ein verrücktes Energiebündel, aber seit er dich und Liam kennt, wirkt er mehr denn je in sich ruhend. Irgendwie angekommen. Selbstbewusst war er schon immer, aber … Ach, du weißt, was ich meine.«

Natürlich wusste ich es, sprach Tracy doch nur aus, was ich selbst schon oft beobachtet hatte. Als ich Rizzo kennengelernt hatte, als er sich noch zwischen Liam und mir hin- und hergerissen gefühlt hatte, schien er getrieben gewesen zu sein. Selbstbewusst, offen, ehrlich, provokant, hingebungsvoll … all das. Aber erst, seit wir drei unseren *gemeinsamen* Weg gefunden hatten, schien er innerlich zur Ruhe gekommen zu sein. Auch wenn *Ruhe* in Bezug auf Rizzo stellenweise doch ein seltsames Wort war.

Gleichermaßen grinsend beobachteten Tracy und ich, wie Rizzo und Liam nebeneinander auf der stoppelkurzen Grünfläche neben dem Pool Aufstellung nahmen. Die Spannung, mit der sie ihre Körper bis in die letzte Muskelfaser streckten, griff auch auf mich über. Ich hatte Liam schon einige Male dabei zugesehen, wie er in meinem Haus trainierte, und hatte auch mehrfach bei seinen Auftritten mit dem Cheer-Squad auf der Tribüne gesessen. Trotzdem übte ihm zuzusehen immer wieder eine neue Faszination auf mich aus. Einerseits, weil es eine Augenweide war, wie sich sein schlanker, fein bemuskelter Körper spannte und andererseits, weil in diesen Momenten ein Leuchten in seiner ganzen Miene stand, dem ich mich nur schwer entziehen konnte. Und es auch nicht wollte. Liam beim Cheerleading zu beobachten, war ein wenig, wie Rizzo in Drag zu sehen. Es war Leidenschaft pur. Hingabe, Ehrgeiz und Freiheit gleichermaßen. Es war genau so, wie ich die beiden sehen wollte.

Im Grunde war es schade, dass Rizzo das Cheerleading vor Jahren aus Zeitgründen aufgegeben hatte. Denn es war offensichtlich, dass er nach wie vor dafür brannte und noch immer gut in Form war. Begleitet von den Pfiffen und Anfeuerungsrufen einiger der CC Cocks-Jungs, legten Rizzo und Liam gemeinsam – wenn auch nicht ganz synchron – einen mehrfachen Flickflack hin. Liam hängte noch einen Salto hinten dran und streckte Rizzo spielerisch die Zunge heraus, was dieser mit einem gespielt beleidigten Augenverdrehen kommentierte und irgendeinen anzüglichen Spruch in Richtung Liam abfeuerte. Die umstehenden Kerle lachten, darunter auch Jayson … und Carter. Ich hätte schwören können, dass Ersterer den beiden eine neue Herausforderung vorsetzte, während Letzterer die beiden kaum einmal aus den Augen ließ.

In meinem Magen rumorte Unwillen. Mir war durchaus klar, wo wir uns befanden und dass Carter bei weitem nicht der Einzige war, der meine beiden Jungs mit mehr als eindeutigen Blicken bedachte. Doch letztlich rechtfertigte auch das Setting einer Pornolabelvilla in meinen Augen nicht derartige Blicke, die den feinen Unterschied zwischen bloßem sexuellem Interesse und respektloser Gier bargen. Dass dieser Carter Rizzo dermaßen anstarrte, war nach dem, was Rizzo mir erzählt hatte, nicht wirklich überraschend. Was selbstverständlich nicht bedeutete, dass es mich weniger störte. Dabei verärgerte mich nicht, dass es *mein Boy* war, der angestarrt wurde, sondern einfach der Umstand, dass sich überhaupt ein junger Mann diesem ausgesetzt sehen musste.

Hinzukamen Carters Blicke für Liam – die mir noch mehr gegen den Strich gingen. Allein schon weil Liam sie gar nicht zu bemerken schien und damit auf doppelte Weise den Drang in mir weckte, ihn schützen zu wollen. Rizzo allerdings hatte mir vorab das Versprechen abgenommen, mich nicht einzumischen, insofern Carter nicht tatsächlich übergriffig wurde. Ob man seine Blicke bereits als Übergriff sehen mochte oder nicht, stand auf einem anderen Blatt geschrieben und war etwas, das ich mit Rizzo sicher nicht an einem Abend wie diesem ausdiskutieren würde.

Kopfschüttelnd wandte ich mich wieder Tracy zu, die mit einem demonstrativen Seufzen nach ihrem leeren Glas griff.

»Entschuldige mich, tut mir leid, ich muss noch eine kleine Überraschung vorbereiten.«

»Gern doch, es war mir ein Vergnügen.«

»Und hoffentlich nicht das letzte Gespräch. Sofern es sich einrichten lässt, komm doch mal wieder mit Liam nach New York, wenn Rizzo einen Dreh hat. Ich würde euch wirklich gerne zu uns zum Essen einladen.«

Lächelnd drückte ich Tracys Hand, wir tauschten Wangenküsschen. »Die Einladung nehmen wir gerne an.«

»Schön. Habt noch eine gigantische Nacht. Wir sehen uns.« Mit diesen Worten wandte sie sich um und eilte auf ihren elegant lackschwarzen Keilabsätzen über den Rasen in Richtung Terrasse, um dann im Inneren der Mansion zu verschwinden.

In einem langen Zug leerte ich mein Longdrinkglas. Ich kam jedoch nicht dazu, mir zu überlegen, ob ich mir erst einen weiteren Drink holen oder mich direkt an den Pool gesellen sollte, denn mit einem Mal schob sich ein mir inzwischen sehr vertrautes Gesicht ins Blickfeld.

»Hi, Daddy!« Jayson blinzelte mich in seiner gewohnt spöttischen, aber irgendwie liebenswerten Art an. Liebenswert im Sinne von: Ich verbrachte gerne mal ein paar Stunden mit ihm, doch so ganz auf einer Wellenlänge würden wir wohl nie schwimmen. Er wusste das. Rizzo wusste das. Dennoch funktionierte es ganz gut mit uns beiden im Kreise unserer Liebsten.

»Darf ich mich setzen?«

»Als ob du es nicht tun würdest, wenn ich nein sage.«

Sein Grinsen wurde noch eine Spur breiter. Ebenso wie Rizzo forderte Jayson mich liebend gerne heraus. Mit dem Unterschied, dass es mir bei ihm vollkommen gleichgültig war und ich auf seine spaßhaften Spielchen meist einfach nicht einstieg.

»Bitte …«

Auf meine Geste hin ließ er sich in die Hollywoodschaukel fallen, in der eben noch Tracy gesessen hatte. Er rutschte ein wenig herum und zog sich mit einem demonstrativen Griff in den Schritt die knappe Hotpants zurecht. Ich kommentierte es lediglich mit einem Blick, der ihm sehr genau vermittelte, was ich von seinen Spielchen hielt: nichts. Was ihn für mich jedoch durchaus sympathisch machte, war, dass er sehr wohl wusste, dass er mich auf diese Art nicht an die Angel bekam und diese vermeintliche Niederlage lächelnd zur Kenntnis nahm. Kurzum: Jayson provozierte gern und reizte Grenzen aus, wusste aber auch sehr genau, wo diese lagen, respektierte sie und trug es mit Fassung, wenn etwas nicht nach seinen Regeln lief.

»Rizzo hat's nicht verlernt, huh?«

Mein Blick folgte dem seinen, hinüber zu meinen beiden Jungs, die gerade zu einem Remix von Gwen Stefanis *›Hollaback Girl‹* eine anscheinend ihnen beiden bekannte Cheer-Choreografie tanzten und dafür allerlei Jubelrufe und anzügliche Sprüche der umstehenden Kerle einheimsten. Einer der Pressefotografen hielt ebenfalls begeistert seine Kamera drauf.

»Ich finde ja, er sollte es sich noch einmal durch den Kopf gehen lassen, ob er nicht doch wieder ins Cheerleading einsteigen will«, meinte ich und begegnete Jaysons Blick, der zunehmend bohrend wurde.

»Ist wohl eher eine Zeit- denn eine Motivationsfrage«, entgegnete er schließlich, »aber du und Liam würden sicher voll hinter ihm stehen, sollte er sich fürs Cheerleading und gegen Po…«

»Was willst du, Jayson, hmm? Wohl kaum mit mir über Rizzos Karrierepläne diskutieren, oder?«

Er lachte, ließ sich in der Hollywoodschaukel zurücksinken und zog ein Bein an, was mich jedoch *nicht* dazu veranlasste, tiefer zu schauen.

»Nein, tatsächlich geht es überhaupt nicht um Rizzo, sondern um Dale und mich.«

Das überraschte mich tatsächlich. »Inwiefern?«

»Tja, um ehrlich zu sein, könnten wir sehr bald einen echt guten Immobilienmakler brauchen.«

»Ach? Na, wenn das so ist, würde ich vorschlagen, du gehst jetzt an die Bar, besorgst uns zwei Drinks und dann erzählst du mir ein bisschen was über eure Vorlieben.«

»Uuuh, Daddy ist heute ganz der Geschäftsmann, huh?« Lachend sprang Jayson von der Schaukel auf und griff nach meinem Glas. »Was trinkst du? Mojito?«

»Ja. Danke.«

»Für dich doch immer gern. Nicht weglaufen.«

Als ob … Zum wievielten Mal schüttelte ich an diesem Abend den Kopf? Ich sollte aufhören, es zu zählen.

~~~ Jay ~~~

Mit ihrer Ankündigung, sie habe *nur eine kleine Überraschung* vorbereitet, hatte Tracy *nur ein kleines bisschen* untertrieben. Punkt Mitternacht erhellten den Himmel über der Mansion, dem nebenliegenden Bungalow und dem dazugehörigen Grundstück unzählige in sämtlichen Farben explodierende Funken. Alle CC Cocks-Jungs und Gäste hatten sich auf der weiten Rasenfläche neben dem Pool eingefunden und bestaunten das aufsteigende Feuerwerk. Keine Ahnung, wie Tracy die Konzession dafür erlangt und wie viele hunderte oder gar tausende Dollar sie investiert hatte, aber es war der Wahnsinn. Ich zumindest konnte mich nicht daran erinnern, schon mal ein ähnlich gigantisches Feuerwerk von so Nahem gesehen zu haben. Und ganz abgesehen davon, waren die beiden Pyrotechniker, die es zündeten, ziemlich heiß anzuschauen. Von mir aus hätten sie die Raketen auch gerne oberkörperfrei im halb runtergelassenen rußverschmierten Overall abfeuern können.

So lecker der Anblick jedoch war, die Fantasien wurden nichtig, als Dale mich von hinten noch enger an seinen Körper zog. Da wir kurz zuvor noch gemeinsam in den Pool gesprungen waren, trug er lediglich eine Badeshorts, ich selbst nur die Hotpants, die – wie auch der Jockstrap darunter – eklig feucht an mir klebte. Dales Haut an meiner war kühl vom Wasser, dennoch prickelte seine Nähe warm durch meinen Körper.

Er lachte leise an meinem Ohr und kommentierte die anzüglichen Bewegungen meines Beckens gegen das seine
~~~

mit einem Biss in mein Ohrläppchen. »Benimm dich, du kleiner Teufel«, raunte er mir zu, drückte jedoch im selben Moment allessagend seinen halbsteifen Schwanz zwischen meine Arschbacken. Gottverdammt, ich hätte diese blöde Hotpants wirklich längst ausziehen sollen.

»Warum?« Ich legte den Kopf zur Seite und in den Nacken, sodass ich ihn aus dem Augenwinkel heraus ansehen konnte. »Wenn nicht hier unartig sein, wo dann?«

»Auch wieder wahr«, gestand Dale und ließ zu, dass ich mir einen Weg an seiner Kieferlinie entlangleckte, ihn mit zarten Bissen reizte. Die Arme eng um mich geschlungen fanden seine Daumen meine Nippel, bewegten die Stäbe darin. Zischend sog ich den Atem ein. Dank der letzten Wassertröpfchen auf meiner Haut und einem kaum merklichen nächtlichen Lufthauch, war ich an diesen Stellen empfindlicher denn je – und mein Freund wusste es ganz genau.

»Wer ist jetzt hier der Teufel?«, wisperte ich ihm zu, empfing seine Lippen zu einem tiefen Kuss. Über uns explodierten noch immer die Raketen in tausend Funken, um uns herum standen die anderen Jungs, Dave und Tracy, die Gäste, die Presse … Es war so scheißegal in diesem Moment.

Langsam lösten wir den Kuss. In meinem Schritt pochte es sehnsüchtig und an meinem Arsch konnte ich deutlich Dales Erregung spüren. Dennoch stand ich mit einem Mal ganz still vor ihm. Ließ mich einfach von seinen Armen umfangen und von seiner Nähe einhüllen. Mehr brauchte, mehr wollte ich jetzt gerade nicht.

Ihm schien es ähnlich zu gehen. Er rieb seine Nasenspitze an meinem Hals, ehe er den Kopf höher wandte. Gemeinsam starrten wir zum Himmel auf, beobachteten das Feuerwerk. Gemeinsam mit all den anderen Leuten und doch nur wir zwei.

»Baby …« Ich flüsterte so leise, dass ich mir nicht mal sicher war, ob er es über das Knallen der Raketen und die DJ-Musik hinweg überhaupt verstand. Er regte sich jedoch leicht, signalisierte mir so, dass er mir zuhörte.

»Du hast dich übrigens geirrt, als du kürzlich meintest, mit mir im Arm dazuliegen, nachdem wir Sex hatten, und über die Dächer New Yorks zu sehen, sei der perfekte Moment. War er nicht. *Das hier* ist der perfekte Moment.«

Dale entgegnete nichts und vielleicht gingen unsere Meinungen in dieser Hinsicht auch tatsächlich auseinander. Doch es spielte keine Rolle. Wichtig war nur, dass wir hier waren. Jay und Dale. Hier und jetzt. Und vielleicht, verdammt noch mal, für immer.

~~~ Liam ~~~

Gewissermaßen kam mir das gesamte Anwesen wie ein großer Abenteuerspielplatz vor. Zwar hatte Rizzo mich zu Beginn des Abends ein wenig herumgeführt, dennoch entdeckte ich, wann immer ich mich draußen über das Gelände bewegte, irgendein weiteres interessantes Plätzchen. Drinnen in der Villa wäre es ganz sicher ebenso gewesen. Und hätte ich Rizzo von meinen Überlegungen erzählt, hätte er mir bestimmt in anzüglichem Tonfall erklärt, dass die CC Cocks-Mansion der allergeilste Spielplatz überhaupt war.

»Was grinst du so, hmm?« Keiths leise Stimme kribbelte über mein Rückgrat und ich wandte ihm, mit dem Kopf auf seinem Schoß liegend, meinen Blick zu.

»Dass man hier sicher wunderbar eine ganze Woche Urlaub machen könnte, ohne dass einem langweilig wird.«

Ich liebte die kleinen Fältchen, die sich um Keiths Mund und Augen herum eingruben, wenn er sich über irgendetwas amüsierte. In diesem Fall wohl über mich – oder zumindest über meine Gedanken.

»Oh, ich bin mir sicher, Rizzo würde liebend gerne eine ganze Woche mit dir hier verbringen.«

Ich verdrehte die Augen und ließ meinen Blick erneut über die Umgebung schweifen. Eigentlich hatte ich mit Keith gemeinsam nur für einige Minuten dem Partyrummel entfliehen wollen und wir waren deshalb vom Pool fort und den Hang hinuntergelaufen, in der Annahme, das Grundstück würde allzu bald enden. Tat es allerdings nicht.
~~~

Abgeschirmt von kleinen Baumgruppen tat sich eine weitere Gartenanlage auf, die sehr viel mehr den Anschein erweckte, als gehörte sie zu einem penibel gepflegten Vorgarten eines herrschaftlichen Landsitzes in einer englischen Grafschaft, als zum Anwesen eines Pornolabels. Rechter Hand hinter den Baumgruppen lag eine kleine, aber feine Minigolfanlage mit sechs Bahnen, linker Hand ein aufwändig angelegter japanischer Garten mit einem Teich in der Mitte, von dem ich annahm, dass er echte Koikarpfen beherbergte. Aufgrund des Mangels an Laternen, Lichterketten oder anderweitiger Leuchtmittel konnte ich es jedoch nicht mit Sicherheit herausfinden.

Inmitten des japanischen Gartens hatten Keith und ich neben dem Teich auch einen Steinpavillon entdeckt, darin eine mit dicken Kissen und Decken gepolsterte, äußerst einladende Liegefläche. Zu einladend, um sie nicht mal kurz auszutesten. Außerdem hatte Keith mir versichert, dass Tracy ihm zugesagt hatte, wir beide dürften uns überall umschauen.

Im Grunde war es unglaublich kitschig mit Keith hier zu liegen und durch das gläserne Dach des Pavillons in den Nachthimmel hinaufzuschauen. Unglaublich kitschig und unglaublich schön.

Die Musik und die Stimmen der Partygäste hallten nur gedämpft bis zu uns herüber. Beinahe fühlte es sich an, als seien wir nicht Teil der Feier, als finde sie irgendwo auf dem Grundstück eines Nachbarn statt. Und im selben Moment war mir überdeutlich bewusst, dass ich mittendrin war. Mittendrin in dieser ungewöhnlichen und für mich unübertrefflichen Liebesgeschichte.

Hilfe, ich hatte wirklich einen oder auch zwei Mai Tai zu viel intus. Doch was störte es mich, wenn der Mann, von dem ich wusste, dass er stets auf mich Acht geben würde, so nahe bei mir war?

Ich wollte mich gerade aufrichten, um seitlich näher an Keith heranzurutschen und mich an ihn zu schmiegen, als mich das Knirschen rascher Schritte auf dem schmalen Kiesweg durch den japanischen Garten aufhorchen ließ. Ich stützte mich auf die Ellbogen hoch, reckte den Kopf und sah Rizzo auf uns zukommen. Augenblicklich vertiefte sich das warme Gefühl in meinem Bauch, welches ganz sicher nicht nur von den Drinks herrührte.

»Hey, da seid ihr ja. Kuschelt ihr hier ohne mich oder was?«

Unweigerlich ziepte ein Schmunzeln an meinen Lippen. Weniger Rizzos gespielt empörter Frage geschuldet als vielmehr seinem Anblick. Schon seit Stunden – irgendwann kurz nach Mitternacht, als die Feier ihren siedenden Höhepunkt erreicht hatte und so einige der CC Cocks-Jungs vor aller Augen blankgezogen hatten – trug er nur einen mehr als aufreizenden Jockstrap. Einen, der zu allem Überfluss nicht nur seinen kleinen, runden Hintern zur Geltung brachte, sondern auch an der Vorderseite ziemlich durchsichtig war. Inzwischen jedoch war es merklich abgekühlt und Rizzo hatte sich einen grob gestrickten Cardigan übergezogen. Das in Kombination mit nacktem Arsch und durch dünnen Netzstoff deutlich abgezeichnetem Schwanz war ein reichlich aparter Look.

Rizzo entgingen meine Blicke nicht und offenbar deutete er sie richtig. Vor der großzügigen Liegefläche blieb er stehen und rekelte sich provokant vor unseren Augen. Kam es mir nur so vor oder spannte Keith sich neben mir an?

»Naaa, soll ich mich ausziehen, damit ich zu euch kommen darf?«

»Untersteh dich«, kam es geknurrt von schräg hinter mir. »Ich hoffe, du warst nicht bis eben im Pool. Ihr holt euch noch allesamt eine Lungenentzündung.«

Angesichts des Blitzens in Rizzos Augen, welches selbst im blassen Mondlicht zu erkennen war, erwartete ich provokante Widerworte. Vielsagend blinzelte er zu uns herab.

»Wenn sich heute Nacht irgendjemand verkühlt, dann sicher Jay.«

Neben mir ließ Keith nur ein Brummen hören, das irgendwo zwischen Resignation und Belustigung schwebte.

»Warum?«, hakte ich nach, war mir im selben Moment jedoch nicht sicher, ob ich es überhaupt wissen wollte. Diese Party war unbestreitbar ein Erlebnis, allerdings eines, das mich in gewissem Maße überforderte.

»Ich sag nur so viel: versaute Eiswürfelspielchen mit Dale.« Rizzo zog den Cardigan fester um seinen Körper, als schaudere er selbst bei der Vorstellung.

Ich gluckste leise. »Ist sicher 'nen Anblick wert.«

Rizzo und Keith ließen meine Worte gleichermaßen unkommentiert, doch mir entging nicht Rizzos vielsagendes Zwinkern.

»Darf ich?« Noch während er die Frage murmelte, krabbelte er zu uns zwischen die dicken Kissen.

Bereitwillig überließ ich ihm meinen Platz, sodass er sich im rechten Winkel zu Keith mit dem Kopf auf dessen Schoß legen konnte. Ich wusste, wie gerne er das tat. Ich selbst verkroch mich in Keiths Arme, die Wange in die Kuhle zwischen Brustmuskeln und Schulter geschmiegt. Meine Beine kreuzte ich mit Rizzos. Vermutlich sahen wir aus wie ein auf unbequeme Weise ineinander verschränktes Knäuel aus Extremitäten, aber auch zu Hause auf Rizzos Sofalandschaft lagen wir drei oft so oder so ähnlich da. Es hatte sich über die Monate so eingespielt.

»Habt ihr eine Ahnung, wie spät es ist? Ich bin todmüde.« Unter seinen verboten langen Wimpern blinzelte Rizzo zu uns hoch. Mir selbst ging es nicht anders, mehr noch, seit ich mich mit Keith hierhin zurückgezogen hatte.

Dieser regte sich neben mir, warf aus zusammengekniffenen Augen einen Blick auf seine Armbanduhr. »Kurz nach vier. Schätze mal, hier wird noch gefeiert bis zum Morgengrauen.«

»Oder länger«, meinte Rizzo mit verschmitzter Miene, »aber ich bin echt platt.«

»Du wirst noch 'ne Weile durchhalten müssen«, entgegnete ich ungerührt und blinzelte ihm zu.

»Warum? Du siehst auch aus, als würdest du gleich wegpennen.«

»Jaaa, ich hab aber den entscheidenden Vorteil, dass ich mich einfach von Daddy rüber zum Hotel tragen und ins Bett bringen lassen kann.«

Bei meinen Worten zog Rizzo prompt einen Schmollmund. »Ach und mich lasst ihr hier zurück?«

Nun war mein Blinzeln aus Irritation geboren. Keith war es, der mir die Nachfrage aus dem Mund nahm. »Wir sind fest davon ausgegangen, dass du die Nacht – oder eher den Morgen – in der Mansion verbringen wirst und wir uns am Mittag irgendwo treffen.«

Statt gleich etwas zu entgegnen, vergrub Rizzo für einen Moment das Gesicht an Keiths Bauch, rieb seine Nase schnurrend an dessen Schritt. »Ich will bei euch sein«, nuschelte er gegen den Stoff von Keiths Jeans, »war lange genug unterwegs.«

Keiths Hand fand in Rizzos Haar. In einer Geste, die von Fürsorge und Liebe erzählte, streichelte er hindurch. »Na, wenn das so ist … Wir finden sicher noch ein Plätzchen im Hotelbett für dich.«

»Mhm, bestimmt. Keith hat nämlich eine der Suiten gebucht und das Bett ist riesig.« Ich war am Mittag beinahe aus allen Wolken gefallen, als ich nichtsahnend mit der Chipkarte die Tür geöffnet und mich inmitten dieses Luxuszimmers wiedergefunden hatte. Vom Whirlpool aus konnte man sogar durch ein Panoramafenster über die Dächer Manhattans hinwegsehen. Ich hatte mich ohnehin wie verrückt darauf gefreut, volle drei Tage mit Keith und Rizzo in New York zu verbringen. Angesichts dieser luxuriösen Übernachtungsmöglichkeit erschien mir der Kurztrip doppelt lohnenswert.

»Na, wenn das so ist …« Rizzos Grinsen wirkte müde, aber glücklich, brachte mein Herz zum Wummern, auch wenn seine Geste nicht direkt mir galt. Die Tage jedoch, an denen ich die Gesten und Berührungen und Worte, die er Keith oder mir entgegenbrachte, gegeneinander aufgewogen hatte, waren längst vorbei. Rizzo gab uns beiden gleichermaßen seine Liebe, wenn auch auf ganz unterschiedliche Art und Weise. Ich hatte es noch vor Monaten nur schwer begreifen können, doch inzwischen verstand ich, weil ich selbst ganz ähnlich fühlte wie er. Ich liebte beide. Rizzo und Keith. Und beide liebten mich. Wir alle liebten und achteten und brauchten einander, wenn auch auf unterschiedliche Art und Weise. Und dass es so war, war verdammt noch mal gut so.

Die Art, wie Rizzo mit leicht geöffneten Lippen über Keiths vom Jeansstoff verhüllten Schritt strich, ließ mich amüsiert den Mund verziehen. Müde oder nicht … hier in der CC Cocks-Mansion, in Gesellschaft seiner Darstellerkollegen – auch wenn diese gerade meilenweit entfernt schienen – konnte er es wohl einfach nicht lassen, Keith herauszufordern. Und damit gewissermaßen auch mich.

»Ich hab mir in den letzten Nächten so oft ausgemalt, wie es sein wird, wenn wir wieder zusammen sind«, murmelte er. Obwohl Keith es war, den er berührte, fühlte auch ich das Kribbeln überall auf meiner Haut. »Und eine Vision gefällt mir dabei besonders gut.« In seinen dunklen Augen blitzte es, als er zu Keith hochsah, sein Mund immer noch gefährlich nahe an dessen Schritt. Der feste Jeansstoff verbarg jedwede Regung, dennoch war ich mir sicher, dass es in Keith brodelte. Seine Finger allerdings waren ganz ruhig, als er Rizzos Kopf zurück auf seinen Schoß dirigierte, seine Hand an Rizzos Hinterkopf ruhen ließ und ihm so die Bewegungsfreiheit nahm.

»Sag schon«, wisperte ich und bemerkte dabei, dass meine Stimme ein wenig atemlos klang. Rizzos Blick flatterte zu mir, im selben Moment wurde seine Miene eine winzige Spur weicher.

»Ich hab mir vorgestellt, wie wir beide morgens noch schlafen, während Keith bereits wach ist und durch die Suite tigert.«

Ich gluckste leise. Dieser Teil seiner Fantasie erschien mir ziemlich realistisch. Keiths Brust unter meinem Kopf hob sich und verriet so seine Belustigung.

»Er bleibt eine ganze Weile neben dem Bett stehen. Betrachtet uns, während er die Decken fortzieht. Und als wir langsam wach werden, kommt er wieder zu uns. Fängt an uns zu streicheln, zu küssen und … mit jeder Berührung geil zu machen. Würdest du doch, oder, Daddy?« Bei seinen letzten Worten hob Rizzo den Blick. In seiner Miene diese einzigartige Mischung aus Provokation und Flehen, die nur er beherrschte.

Keith lachte leise. Ein herrlich dunkler Laut, der meinen Nacken entlangkribbelte. Gleich darauf spürte ich seine Lippen eben dort, wie er mich sacht küsste.

»Würde ich«, raunte er in mein Haar, »ganz bestimmt. Ihr habt keine Ahnung, wie schön und heiß ihr ausseht, gerade am Morgen, wenn ihr noch ein wenig verschlafen seid, aber eure Körper auf jede noch so winzige Berührung reagieren. Wenn euer Verstand es nicht ganz schafft, aufzuwachen, weil Müdigkeit von Lust abgelöst wird. Erzähl ruhig weiter, Boy. Ich glaube, deine Fantasien könnten mir gefallen.«

Nicht nur ihm. Doch statt etwas zu sagen, schloss ich die Augen. So offensiv über Sexfantasien zu reden, war nach wie vor nicht mein Ding. Rizzo und Keith dabei zuzuhören allerdings, war einen Ständer in der Hose definitiv wert.

»Ich hab mir vorgestellt«, wisperte Rizzo weiter, »wie du uns so lange abwechselnd verwöhnst, bis wir nicht mehr klar denken können. Und dann drehst du den Spieß um und lässt dich von uns bedienen.«

Ich kniff die Augen zusammen und die Lippen aufeinander. Bilder tanzten hinter meinen geschlossenen Lidern, vermischten sich mit Rizzos geflüsterten Visionen. Himmel, wie gerne ich jetzt in diesem Hotelbett und nicht unter diesem verfluchten Pavillon gelegen hätte. Doch während Rizzos Stimme mich einhüllte und forttrug, erinnerte sie mich ebenso unmissverständlich daran, wo wir uns befanden.

»Wir beide für ein paar Minuten nur für deine Lust da. Unsere Hände auf deiner Haut, unsere Lippen an deinem Schwanz. Wie wir ihn dir so lange blasen würden, bis er richtig schön hart ist. So, dass du uns nehmen kannst.«

Er hielt einen Moment inne. Keiths Grollen strich anheizend über meinen Nacken, doch meine Aufmerksamkeit gehörte gerade nur Rizzo. Weil ich ahnte … spürte, dass sein Blick auf mir hing.

Ich zwang mich, die Augen zu öffnen und ihn anzusehen. Im fahlen Mondlicht, welches Schatten auf sein Gesicht malte, wirkten seine Augen nahezu schwarz. Erregung schimmerte in ihnen, doch im selben Moment erschien seine Miene weichgezeichnet, beinahe liebevoll.

»Sprich weiter.« Keiths Stimme klang leise, aber unmissverständlich an meine Ohren, und ebenso sicherlich auch an Rizzos. Um dessen Mund zuckte ein kleines Schmunzeln.

»Möchtest du, dass ich euch abwechselnd nehme, Boy?«

»Nein.« Kurz flackerte Rizzos Blick an mir vorbei zu Keith, ehe er wieder direkt mich ansah. »Nein, ich will, dass du nur Liam fickst.«

Zischend saugte ich Luft ein. Starrte Rizzo aus großen Augen an und er hielt meinen Blick.

»Ich möchte zusehen, wie er dich reitet. Will ihm ins Gesicht schauen und darin ablesen, wie gut es sich für ihn anfühlt, deinen harten Schwanz in sich zu spüren. Und währenddessen … wünsch ich mir, dass du mich packst, Keith. Dass du mich über dich ziehst, sodass ich Liam weiter ansehen kann, und dass du … mich leckst. Ich will deinen Mund an meinem Arsch und Liams Hände an meinem Schwanz. Seine Lippen auf meinen. Genau so will ich es genießen und dann … irgendwann … wenn ich das Gefühl hab, es kaum noch auszuhalten … dann will ich kommen und anschließend … noch stundenlang mit euch daliegen und wissen, dass … das mit uns nicht aufhören wird …«

Seine Stimme, eben noch von Erregung zittrig, brach bei seinen letzten Worten. Im selben Moment zog sich etwas in mir schmerzlich zusammen. Nicht vor Traurigkeit oder Furcht, sondern vielmehr aus dieser Art von Glück, das nur schwer zu ertragen war. Konnte Liebe so schön sein, dass sie wehtat?

Ja, verdammt! Mit Rizzo und Keith konnte sie das.

Innerlich wie äußerlich bebend schloss ich die Augen und war froh – einfach so froh –, dass Keith in genau diesem Augenblick seinen Arm fester um mich schlang. Mich damit vor dem innerlichen freien Fall bewahrte.

»Alles okay, Honey?« Rizzo schob eine Hand auf meinen Oberschenkel, ein Stückchen weiter hoch und unter den Beinsaum meiner Cargoshorts. Ließ sie dort liegen. Ließ mich wissen, dass er bei mir war. Trotz der aufgeheizten Stimmung hatte die Geste nichts Anzügliches an sich. Denn auch wenn Rizzo oftmals offensiv und provokant und eigensinnig erschien, so war er doch in erster Linie eines: liebevoll.

Keith wühlte seine Finger indessen unter den Saum meines Shirts, streichelte mit den Fingerkuppen über meinen unteren Rücken.

»Alles gut«, versicherte ich den beiden flüsternd und ließ die Augen einfach geschlossen. Versuchte mich zu sammeln. Jedoch nur so lange, bis ich spürte, wie Keith sich regte. Sacht, aber doch mit dieser ihm eigenen, bestimmenden Art legte er die Finger an meinen Kiefer, brachte mich so dazu, mich leicht hochzustemmen und ihn anzusehen. Mein Herz begann erneut schneller zu schlagen, zufriedene Wärme loderte ein wenig heißer, als Keith mich vollends auf seine Lippen zog und mich küsste. Erst sanft, dann fordernder. Mit einem leisen Laut in der Kehle öffnete ich den Mund und ließ seine Zunge ein. Registrierte am Rande die Bewegung neben mir und wie Rizzo die Finger ein klein wenig fester in meinen Oberschenkel grub.

Keith löste den Kuss, flatternd hob ich die Lider. Schauderte, weil Rizzos Atem meine Wange streifte. Im nächsten Moment war er es, der von Keith geküsst wurde, ebenso intensiv wie ich zuvor. Ihre Münder dabei nur Zentimeter von meinem entfernt. Atemlos beobachtete ich das Spiel ihrer Lippen und Zungen miteinander. Beinahe schien es mir, als könnte ich ihrer beider Küsse auf meinen Lippen spüren. Ergeben schloss ich die Augen. Ahnend, was kommen würde.

Ein leicht schmatzendes Geräusch, als sie sich lösten. Leise gewisperte Worte. Liebesbekundungen aus Keiths Mund für uns beide. Für seine beiden Jungs.

Rizzo und Liam.

Ich seufzte, schluchzte beinahe, als *er* mich küsste. Vielleicht, weil der Augenblick zu allumfassend war, als dass ich der Intensität unseres Zusammenseins gänzlich hätte gewachsen sein können. Vielleicht, weil ich in Momenten wie diesen registrierte, dass es eine exakt ausgeglichene Aufteilung eines Herzens doch nie geben würde. Dass ich bei aller Liebe zu Keith immer ein winziges bisschen mehr für Rizzo empfinden würde.

Wie er fühlte?

Noch vor Monaten hätte mich der Gedanke beinahe zerrissen. Heute spielte es keine Rolle mehr. Weil er hier war. Bei mir. Und mich küsste. Mir mit jeder Berührung offenlegte, was er für mich empfand. Für mich und für Keith. Und es war verdammt noch mal einfach nur schön, genau so, wie es war. Jetzt und hier. In diesem Moment. Mit Keiths Händen auf meiner Haut und seiner Nähe überall um mich. Und mit Rizzos Lippen auf meinen.

ENDE?

Sicher nicht … Weiter geht es in den Romanen »Beyond price« und »Beyond the pale«.

Weitere Bände der »F***ing real«-Reihe

»F***ing real – Beyond price«
(erscheint im Frühjahr 2021 beim dead soft Verlag)

Als einer der bestbezahltesten Darsteller der *Black Tail Studios* scheint Mason Reign auf dem Zenit seiner Karriere angekommen zu sein. Eine nur durch Zufall diagnostizierte Infektion jedoch zwingt ihn, einzusehen, dass das Business einen hohen Tribut fordert. Dennoch ist Mason fest entschlossen, nach einer langen Drehpause und einem an den Nerven zerrenden Versteckspiel wieder vor die Kamera zu treten – wenn er denn ein Studio findet, das sich bereiterklärt, mit ihm zu arbeiten.

In Elliot Ramirez' Leben läuft gerade irgendwie alles schief: Er rasselt durch ein wichtiges Examen, in seiner Wohnung gibt es einen Wasserrohrbruch und Darstellerkollege Dane lässt ihn sitzen, um seinem Ex-Freund eine zweite Chance zu geben. Was Elliot im Moment am allerwenigsten brauchen kann, ist ein neuer Drehpartner, der ihn abseits der Szenen im besten Falle wie Luft behandelt und ihm im schlimmsten zu verstehen gibt, dass er in seiner Rolle als »slutty Bottom« nichts wert ist. Doch irgendetwas an Masons distanzierter, regelrecht unverschämter Art weckt einen Kampfgeist in Elliot, von dem er eigentlich dachte, ihn verloren zu haben.

Weitere Titel von Svea Lundberg in unserem Programm:
Kristallschnee
Kristallscherben

Inbetween – Zwischen Bühne und Bordell
Inbetween – Zwischen Bahnsteig und Bestatter
Inbetween- Zwischen Fallen und Fliegen

Leseprobe:
Garrett Leigh
Blue Boy: Bullet

Er sah auf den Jungen hinab, der sich unter ihm wand. *Junge.* Levi grinste. Zeb war wie er sechsundzwanzig, aber sein glatter, haarloser Körper und sein Babygesicht ließen ihn um einiges jünger erscheinen. Das Gerade-noch-legales-Schnuckel-Ding turnte Levi nicht wirklich an, aber es war nicht so, als würde er Zeb aus Spaß ficken. Nein, das war Arbeit – das war sein *Job.* Zumindest die einzige Arbeit, die er hatte, die echtes Geld brachte.

Zeb zerrte wieder an seinen Hüften. „Ist das alles, was du zu bieten hast, Cowboy?"

Cowboy. Das war sein Stichwort, um loszulegen. Levi bückte sich, nahm Zebs viel kleineren Körper in seine Arme und hob ihn von der Rückseite der Ledercouch hoch. Er warf einen schnellen Blick auf die laufenden Kameras und überprüfte die Blickwinkel, bevor er Zeb auf das falsche Bärenfell legte. „Halt dich fest", warnte er und stieß hart und schnell zurück in Zebs engen Körper.

Zeb wölbte seinen Rücken und stöhnte. „Fick mich, verdammt. Fick mich."

Levi war dankbar dafür. Es wurde spät und er hatte noch etwas zu tun. Er legte seine Hände flach auf Zebs Brust und stieß ihn, bis er ein brabbelndes Wrack war. Sie machten eine Pause, damit Zeb wieder hart werden konnte. Levi schaltete ab, fast losgelöst. Sein Geist trieb dahin, als die Szene wieder begann und er bemerkte kaum, als Zeb mit einem erstickten Schrei kam. Danach dauerte es nicht lange, bis er in Zebs talentiertem Mund geistesabwesend abspritzte.

Sie beendeten die Szene und Levi ging in die große Gemeinschaftsdusche des Studios, die vom ursprünglichen

Fabrikgebäude noch übrig geblieben war. Bei den Blue Boy Studios war Duschen eine gemeinschaftliche Sache, bei der die Modelle zusammenkamen, um sich nach den Aufnahmen zu säubern und zu vergleichen. Heute war es nicht anders. Levi teilte sich den Raum mit Caleb, einem anderen Stamm-Top. Aus Gewohnheit warf er einen kurzen Blick auf Calebs großen männlichen Körper. Er war seinem sehr ähnlich – stark, dezent definiert und mit echtem Körperhaar versehen. Keine Tattoos. Die Twinks bei Blue Boy hatten mehr Tinte als die Tops.

Das war einer der Unterschiede zwischen diesem und den meisten Gay-for-Pay-Studios dort draußen. Bei Blue Boy ging es nicht um braungebrannte, muskulöse, *heterosexuelle* Männer, die vorgaben, schwul zu sein oder umgekehrt. Die Modelle waren echte schwule Männer, die das Ficken liebten und/oder das Geld wirklich brauchten. Levi glaubte, die meisten fielen in beide Kategorien. Er wusste, dass es bei ihm so war.

Er schamponierte sein dunkles Haar und spülte es dann aus, bevor er nach dem Duschgel griff, um die Überreste von Schweiß und anderen Körperflüssigkeiten von seiner Haut zu waschen. Neben ihm tat Caleb das Gleiche. Levi drehte sich mit einem freundlichen Grinsen zu ihm um. Obwohl er unter Zeitdruck stand, fühlte er sich gut genug, um höflich zu sein. „Guter Dreh?“

Caleb lehnte sich mit einem gelangweilten, selbstgefälligen Grinsen an die geflieste Wand. „Zur Hölle ja, ich hatte Theo im Kraftraum. Alter, ich habe ihn so genagelt, dass er eine Woche lang nicht richtig sitzen können wird.“

„Ja, ich habe Zeb auch ziemlich gut rangenommen.“ Levi schluckte seine Abscheu hinunter und spielte seine Rolle perfekt. Er hatte schon vor langer Zeit gelernt, dass das Leben viel einfacher war, wenn er sagte, was die Leute von ihm erwarteten.

„Auf jeden Fall." Caleb hob seine Hand für einen Highfive. „Hab letzte Woche deine Szene mit Diego gesehen. Du bist ein Motherfucker."

Levi grinste und schlug Calebs Hand ab. Er hatte das schon vorher gehört. Mit seinem unrasierten Kinn und der behaarten Brust, den dunklen Haaren und seinen grüblerischen braunen Augen war er eines der beliebtesten Modelle des Studios. „Dieses Shooting war irgendwie cool. Bei der Einstellung in der Scheune war ich mir nicht sicher. Es war ein bisschen klischeehaft, sogar für Hardcore-Porno."

„Gib ihnen, was sie wollen." Caleb zuckte mit den Schultern. „Mit diesem Akzent bist du die ultimative Cowboy-Fantasie."

„Ich bin Mechaniker", sagte Levi trocken. „Ich habe noch nie ein verdammtes Pferd angefasst."

„Ja, aber du hörst dich so an und du siehst wie einer aus. Also ist es ein Kinderspiel."

Beide Punkte trafen zu. Er hatte einen großen Schwanz und er konnte seine Wurzeln zurückverfolgen bis zu einer kleinen Bauernstadt östlich von Austin, Texas. Sein Akzent war so stark wie der seiner Mama, aber er erinnerte sich kaum an die Zeit, die er als Kind im Süden verbracht hatte.

„Nicht, dass es wichtig wäre", fuhr Caleb fort. „Die Leute wollen nur sehen, wie ein Twink gerammelt wird. Um den Rest kümmert sich sowieso niemand."

Als Antwort grunzte Levi nur. Er hatte sich über die eigentlichen Dreharbeiten seiner Szenen nie viele Gedanken gemacht. Er wollte nur flachlegen und bezahlt werden.

Andere Modelle kamen in die Dusche. Levi begrüßte sie alle mit einem Grinsen. Viele Gesichter kannte er nicht mehr. Nachdem er in anderen Studios gearbeitet hatte, war er nun seit drei Jahren ausschließlich bei Blue Boy, aber Modelle kamen und gingen, die Fluktuation im Business war hoch. Heutzutage konnte er die Gesichter von denen, die er schon gefickt hatte, nicht mehr von denen unterscheiden, die er noch nie gesehen hatte.

Die Gemeinschaftsdusche füllte sich mit nackten Männern, alle frisch von einem Dreh. Die Atmosphäre war entspannt und heiter. Ein paar hatten für Fotoshootings posiert. Sie waren immer noch geil und bereit für etwas Spaß. Das war das andere, was den meisten Modellen fehlte, normale Grenzen unter Arbeitskollegen. Hemmungen gab es nicht und Levi hatte in letzter Zeit ein paar gute Momente in der Dusche genossen. Aber heute war er nicht in Stimmung, lehnte einen Blowjob ab und überließ sie sich selbst.

Er zog sich weite, verblasste Jeans und ein T-Shirt an, schlüpfte in seine Flip-Flops, verließ den Ankleidebereich und nickte der Crew und dem hübschen Mädchen, das an der Rezeption arbeitete, zum Abschied zu. Sie winkte und lächelte betrübt. Levi wusste, dass sie sich von ihm mehr angezogen fühlte, als sie es wollte.

„Levi, kann ich dich für einen Moment sprechen?“

Er hielt inne, seine Hand lag am Griff der Ausgangstür und er wandte sich zu Jon, dem Direktor und Besitzer von Blue Boy, um. „Jetzt sofort?“